Benvenuti nel mondo delle

Questo libro appartiene a :

....

Ciao, io sono Tea! Sì, proprio Tea Stilton, la sorella di Geronimo Stilton! Sono l'inviata speciale dell'Eco del Roditore, il giornale più famoso dell'Isola dei Topi. Amo i viaggi e l'avventura e mi piace conoscere amici di tutto il mondo! Proprio a Topford, il college dove mi sono laureata e dove sono stata invitata a insegnare, ho incontrato cinque ragazze davvero speciali: Colette, Nicky, Pamela, Paulina e Violet. Tra di loro è nata subito una vera amicizia. E si sono così affezionate a me che hanno deciso di chiamare il loro gruppo con il mio nome: Tea Sisters (in inglese significa 'le sorelle Tea')! Per me è stata un'emozione grandissima. E alla fine ho deciso di raccontare le loro avventure. Le straordinarie avventure delle...

Colette

Ha una vera passione per vestiti e accessori, soprattutto di colore rosa. Da grande vorrebbe diventare una giornalista di moda.

Paulina

Altruista e solare, ama viaggiare e conoscere gente di tutto il mondo. Ha un vero talento per la tecnologia e i computer.

Violet

Ama molto leggere e conoscere cose sempre nuove. Le piace la musica classica e sogna di diventare una famosa violinista!

Nicky

Viene dall'Australia ed è molto appassionata di sport, ecologia e natura. Ama vivere all'aria aperta e non sta mai ferma!

Pamela

È un'abile meccanica: datele un cacciavite e aggiusterà tutto! È golosa di pizza, che mangerebbe a ogni ora, e ama cucinare.

Vuoi essere una Tea Sister?
▼

mi piace ....
....
....
....
....
....

Testi di Tea Stilton
Coordinamento testi di Alessandra Berello / Atlantyca S.p.A.

Coordinamento editoriale di Patrizia Puricelli
Editing di Marta Vitali e Sofia Scartezzini

Art Director: Iacopo Bruno
Copertina di Caterina Giorgetti (disegno) e Flavio Ferron (colore)
Illustrazioni della valigia di Barbara Pellizzari (disegno) e Flavio Ferron (colore)
Graphic Designer: Giovanna Ferraris, Paola Berardelli / theWorldofDOT

Illustrazioni pagine iniziali e finali di Barbara Pellizzari (disegno) e Flavio Ferron (colore) | Mappe di Caterina Giorgetti (disegno) e Flavio Ferron (colore)

Illustrazioni della storia di Barbara Pellizzari, Chiara Balleello (disegno) e Valeria Cairoli, Daniele Verzini (colore)
Coordinamento artistico di Flavio Ferron
Assistenza artistica di Tommaso Valsecchi
Grafica di Chiara Cebraro

Da un'idea di Elisabetta Dami
www.ildiariodelleteasisters.it

Pubblicato per PIEMME da Mondadori Libri S.p.A.
© 2016 - Edizioni Piemme S.p.A., Milano
© 2018 - Mondadori Libri S.p.A., Milano
info@edizpiemme.it

International rights © Atlantyca S.p.A. - Via Leopardi, 8 - 20123 Milan - Italy
www.atlantyca.com - contact: foreignrights@atlantyca.it

Stilton è il nome di un famoso formaggio prodotto in Inghilterra dalla fine del 17° secolo. Il nome Stilton è un marchio registrato. Stilton è il formaggio preferito da Geronimo Stilton. Per maggiori informazioni sul formaggio Stilton visitate il sito www.stiltoncheese.com

È assolutamente vietata la riproduzione totale o parziale di questo libro, così come l'inserimento in circuiti informatici, la trasmissione sotto qualsiasi forma e con qualunque mezzo elettronico, meccanico, attraverso fotocopie, registrazione o altri metodi, senza il permesso scritto dei titolari del copyright.

Anno 2018 - 2019 - 2020   Edizione 4 5 6 7 8 9 10 11 12 13 14 15

Stampa: ELCOGRAF S.p.A.   Questo libro è stato stampato
Via Mondadori, 15 - Verona   su carta certificata FSC®

Tea Stilton

CARNEVALE
a Venezia

PIEMME

Volete aiutare anche voi le Tea Sisters in questa nuova avventura? Non è difficile, basta seguire tutte le indicazioni!

Quando vedrete questa lente fate attenzione: significa che in quella pagina c'è un indizio importante.

Ogni tanto faremo il punto della situazione, in modo da non dimenticare nulla.

Allora, siete pronti?

IL MISTERO VI ASPETTA!

Un posto da sogno

Al mondo esistono luoghi che ci sembra di conoscere da **SEMPRE**.
Ne abbiamo sentito parlare, ne abbiamo letto, li abbiamo visti al cinema o in fotografia, ma... Esserci per la prima volta dal vivo è un'**emozione** unica!
Pensavano a questo le cinque Tea Sisters, appena arrivate a Venezia.
Il panorama che si offriva ai loro occhi era incredibile: il piazzale di fronte alla stazione dava su un canale, così vicino da potercisi **TUFFARE**, e i palazzi eleganti che si stagliavano dall'altro lato sembravano quasi galleggiare sull'ACQUA.

Un posto da sogno

– Questa città è ancora **più bella** di quel che pensavo! – mormorò Violet.
Le amiche erano d'accordo. Il viaggio dall'Isola delle Balene era stato lungo e **AVVENTUROSO**: il loro volo era atterrato in un aeroporto diverso da quello previsto, e da lì avevano dovuto prendere un **TRENO**.

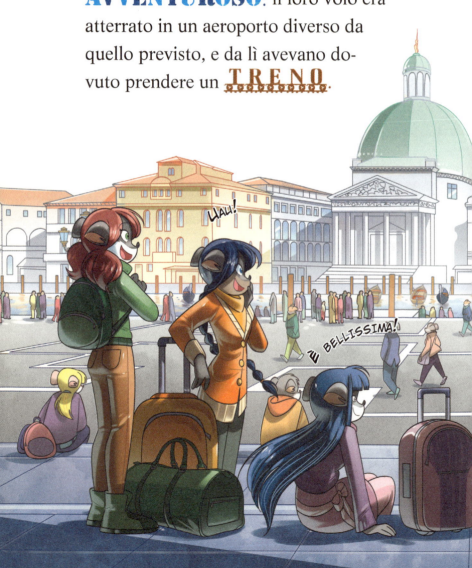

UN POSTO DA SOGNO

Eppure, ora sapevano che ne era valsa la pena: **Venezia, la romantica città sull'acqua**, splendeva davanti ai loro occhi in tutta la sua magia.
– Dove dobbiamo andare? – chiese Nicky.
In risposta, Paulina accese il suo tablet, dove aveva caricato l'intera guida turistica della città.

– Fatemi CONTROLLARE l'indirizzo di Elisa e Marco...

Se le Tea Sisters si trovavano a Venezia, infatti, era grazie all'invito di due amici italiani conosciuti a Topford l'ESTATE precedente. Marco aveva seguito un corso di giornalismo investigativo al college e la sorella Elisa lo aveva ACCOMPAGNATO sull'Isola delle Balene per dedicarsi allo sport.

Nei mesi successivi si erano sempre tenuti IN CONTATTO con le Tea Sisters, e qualche settimana prima le avevano invitate a raggiungerli a Venezia, la loro città,

per partecipare al famosissimo
CARNEVALE!
La proposta aveva subito suscitato l'entusiasmo di tutte: Colette non vedeva l'ora di ammirare le **maschere** e i **raffinati costumi** che

avrebbero sfilato per la città, mentre Pam pregustava già le squisite

FRITTELLE di cui le aveva parlato Marco. Paulina e Violet volevano **scoprire** i segreti dell'architettura veneziana e Nicky era pronta per... imparare a manovrare una
gondola!

Paulina finalmente trovò l'appunto che cercava: – Ecco qui, dobbiamo **DIRIGERCI** verso Calle del Paradiso. La casa di Elisa e Marco dovrebbe essere poco lontano.
– Calle del Paradiso... le vie di Venezia hanno dei nomi **meravigliosi!** – sospirò Colette, mentre ammirava affascinata lo scintillio dei raggi del sole sull'**ACQUA**. – È tutto così elegante e romantico...
– Per mille pistoni ingrippati! – la interruppe Pam. – Sarà anche **romantico**, ma... come facciamo ad arrivare a casa di Elisa e Marco? Qui non vedo autobus! E non ci sono nemmeno taxi!
– Ti sbagli, Pam: i **TAXI** ci sono! – sorrise Paulina. – Solo che invece di essere automobili... sono **MOTOSCAFI!**
Poi indicò un'imbarcazione in legno, con una bandierina gialla sulla prua che segnalava che si trattava proprio di un taxi.

Un posto da sogno

– Che altro aspettiamo? – le esortò Nicky.
– Saliamo a bordo!

VENEZIA CI ASPETTA!

In taxi... senza ruote!

Le Tea Sisters salirono sul **MOTOSCAFO** e diedero l'indirizzo della loro destinazione al conducente, mentre Paulina tornava a consultare il suo **TABLET**.

– Dunque, quello su cui stiamo navigando dovrebbe essere il Canal Grande, l'antico **CANALE** che divide la città in due parti...
Lì c'è una chiesa... e quello **SOTTO** cui stiamo passando dovrebbe essere il ponte... il ponte...
– Degli Scalzi! – spiegò **SORRIDENDO**

Ecco il Canal Grande!

IN TAXI... SENZA RUOTE!

il ragazzo seduto accanto al tassista. – Siete appena **ARRIVATE** in città, vero?
Nicky sorrise: – Sì, ed è la prima volta che visitiamo Venezia!
– Allora è stato un colpo di ❀fortuna❀ salire subito a bordo! Venezia vista dall'acqua offre il suo spettacolo migliore! Da questa prospettiva potete **AMMIRARE** per intero le facciate dei nostri palazzi.
– A che epoca risalgono? – domandò Violet.
Paulina sfoderò di nuovo il suo tablet: – Dunque, secondo la mia guida risalgono al Trecento... ma anche al Quattrocento...
– ... e ai secoli successivi! – proseguì il ragazzo veneziano, con un grande sorriso.
– Qui potete ammirare edifici di ogni epoca e stile. Quella alla nostra sinistra, per esempio, è Ca' Pesaro, **COSTRUITA** tra il Seicento e il Settecento per la famiglia Pesaro, da cui prende il nome.

– La mia guida dice che è la sede del Museo d'**ARTE ORIENTALE**... – aggiunse Paulina.
– Proprio così! È uno dei tanti musei della città. I musei civici sono più di **DIECI**, tutti in palazzi bellissimi!
– Qui c'è l'elenco completo – disse Paulina.
Le amiche le si **strinsero** intorno, sbirciando la lista.
Violet, grande appassionata di arte, si lasciò sfuggire un **gridolino** entusiasta: – Il Settecento veneziano... ci sono opere che non posso assolutamente perdermi!
Nicky aggiunse: – A me piacerebbe vedere il **MUSEO DI STORIA NATURALE**...
Colette esclamò: – Ma non avete visto il Museo del *merletto?!* È imperdibile!
– Ehm... ragazze...
– E tu, Pam, quale museo vorresti visitare? – chiese Paulina all'amica.
– Ragazze...

IN TAXI... SENZA RUOTE!

– Non ce n'è uno dedicato alle BARCHE? – domandò Pam. – Mi piacerebbe proprio dargli un'occhiata!
– RAGAZZE!
Finalmente, le Tea Sisters alzarono la testa. Il ragazzo italiano stava MOSTRANDO loro il meraviglioso spettacolo della città, con le braccia spalancate.
– Scusate l'INTERRUZIONE, ma mentre voi ve ne state chine su un tablet, qui intorno c'è
Venezia!
Paulina arrossì e mise subito da parte il TABLET. – Hai ragione...
– Ma quello che cos'è? – chiese invece Pam. Poco più avanti, un maestoso ponte di pietra sormontato da un elegante porticato attraversava il CANALE da una riva all'altra.
– È il più antico ponte di Venezia – spiegò il ragazzo. – Il **Ponte di Rialto!**

In taxi... senza ruote!

– E voi siete quasi arrivate – aggiunse il tassista, che aveva guidato il **MOTOSCAFO** in modo da permettere alle ragazze di godersi il viaggio. – L'indirizzo che cercate è proprio qui **DAVANTI!**

Venezia

Venezia è un arcipelago di oltre cento isole, che occupano una LAGUNA nel nord del Mare Adriatico e sono collegate alla terraferma da un ponte lungo 4 KILOMETRI.

Essendo FORMATA DA ISOLE, la città è percorsa da una FITTA RETE DI CANALI (sono più di 150!), che si possono attraversare grazie a OLTRE 400 PONTI!

Il canale principale di Venezia è il maestoso CANAL GRANDE, lungo oltre 3800 METRI, che con le sue anse attraversa la città.

Spesso capita di trovare le vie di Venezia sommerse dall'acqua e percorribili solo grazie a delle passerelle rialzate: è IL FENOMENO DELL'ACQUA ALTA, dovuto alle maree e all'innalzamento costante del livello del mare per lo scioglimento dei ghiacciai.

Una casa sull'acqua

Poco dopo aver superato il Ponte di Rialto, il tassista imboccò un CANALE più stretto e si fermò di fronte a un palazzo rosa: – Eccoci arrivati! La casa che cercate è questa!
La parte più bassa dell'edificio era ricoperta di mattoni un po' SCROSTATI e il portone era raggiungibile dal canale solo attraverso un piccolo molo.
– *Per mille bielle sbiellate!* Sembra che i nostri amici abitino proprio sull'acqua! – commentò Pam, sbalordita.
– E come faranno a MUOVERSI? Sempre in taxi? – chiese Colette, perplessa.

– Con quella! – rispose Paulina, indicando una BARCHETTA di legno ormeggiata accanto al portone.
– Tea Sisters! Eccovi qua! – ESCLAMÒ una voce proprio in quel momento.
Le ragazze alzarono lo SGUARDO: affacciato al balconcino della casa c'era il loro amico Marco, che si sbracciava entusiasta. E dietro di lui spuntava sua sorella Elisa.
– SCENDIAMO ad aprirvi! – esclamò il ragazzo.
– In fondo, la vita a Venezia non è poi così diversa dalle altre città! – rifletté Pam. – Ci sono CANALI al posto delle strade e BARCHE al posto delle quattro ruote!

– È proprio così, super-Pam! – le rispose Marco raggiungendole. – L'unico problema è l'ACQUA ALTA... anzi, avete portato gli stivali di gomma, vero?
– Marco! – esclamò Pam, saltando al collo dell'amico.
Un attimo dopo, la casa dei due *fratelli* si riempì di esclamazioni di gioia.
I fratelli inondarono le Tea Sisters di domande e le ragazze raccontarono le ultime novità del college e le loro prime impressioni su Venezia.
Poi Marco ed Elisa fecero sedere le amiche in sala da pranzo.
– Abbiamo pensato che sareste state AFFAMATE... – esordì Elisa.
Per tutta risposta, lo stomaco di Pam gorgogliò rumorosamente.
– E così ho preparato uno SPUNTINO! – concluse fiero Marco, scomparendo in cucina.

Una casa sull'acqua

Pochi istanti dopo, le Tea Sisters stavano già GUSTANDO i piatti tipici che l'amico aveva preparato per loro.

– Che fortuna che tu abbia la passione per i fornelli! – commentò Pam, servendosi di riso con i PISELLI. – Come hai detto che si chiama questo piatto?

Spero vi piacciano!

Questo piatto è super!

UNA CASA SULL'ACQUA

– '**RISI E BISI**' – spiegò Marco sorridendo.
– Io preferisco gli spaghetti con i fagioli! – disse Colette.
Elisa la corresse: – Non sono spaghetti, si chiamano '**BIGOLI**'. È un formato di pasta tipico di Venezia...
– E che buono il baccalà! – aggiunse Nicky, servendosi una seconda porzione di pesce.
– Sono contento che vi **piaccia** tutto. È meglio che accumuliate un po' di energie, ci aspettano **SPETTACOLI**, *sfilate*, **FESTE** e *balli in maschera*...
– Fratellone, non cominciare a spaventarle... – intervenne Elisa.
– Non si spaventano! Sono qui proprio per il grande **CARNEVALE DI VENEZIA!**
– Evviva! – esultarono le Tea Sisters. – Non vediamo l'ora di partecipare!
– A proposito... – disse Marco guardando l'orologio, – dobbiamo **ANDARE!**

UNA CASA SULL'ACQUA

– Siamo pronte! – esclamò Nicky, scattando in piedi. – Prendiamo la vostra BARCA?
– Sì, ma... non penserete di uscire così? – rispose Marco.
Le ragazze si FISSARONO a vicenda.
– Forse dovremmo darci una sistemata. Ho i capelli in disordine, vero? – commentò Colette arrossendo.
Marco scoppiò a ridere e SCOSSE la testa: – Ma no! Quel che vi manca sono solo... i costumi da Carnevale!

Come in un sogno!

Prima che le ragazze avessero il tempo di chiedere spiegazioni, Elisa le aveva già trascinate davanti all'**ARMADIO**.
– Ecco, li teniamo qui... – disse la ragazza, prendendo una grossa **SCATOLA**. Alla vista dei tessuti di seta, delle piume colorate e delle sciarpe ricamate con fili dorati, Colette non riuscì a trattenere un'esclamazione di stupore:

– Uau! Qui c'è un vero e proprio TESORO!

Elisa prese un abito azzurro e argento, con una meravigliosa **maschera** a forma di

LA LUNA...

luna, e lo mostrò alle amiche.
– Ecco il costume che indosserò quest'anno: **LA LUNA!**
– E io non potevo essere da meno! – esclamò Marco, tirando fuori dall'armadio un **MERAVIGLIOSO** completo giallo e arancione, con una **maschera** da cui partivano mille raggi dorati.
– **IL SOLE!** – esclamò Colette battendo le mani. – È un'idea meravigliosa!
– Qui ci sono **TUTTI** i costumi che la nostra famiglia ha usato negli ultimi anni – spiegò Elisa,

...E IL SOLE!

mostrando abiti dalle forme **ORIGINALI** e dai colori sgargianti. – Scegliete quelli che preferite. Nel frattempo noi **ANDIAMO** a prepararci: vi aspettiamo tra mezz'ora in salotto, pronti per tuffarci nel **CARNEVALE!**

Alle Tea Sisters sembrava un sogno avere a disposizione quel meraviglioso guardaroba e scegliere i **costumi** fu tutt'altro che facile. Allo scadere della mezz'ora, però, le ragazze erano riuscite a scegliere le loro **maschere**. Colette indossava un meraviglioso abito **PRIMAVERILE** con decine di piccoli fiori ricamati; Paulina un costume turchese con coralli disegnati e

una maschera da PESCIOLINO; Pam un grande mantello arancione con un cappuccio-criniera da LEONE; Nicky un abito e una maschera che la facevano sembrare una farfalla; Violet un costume a tema 'musica'.

Come in un sogno!

Nel vederle così agghindate, Marco ed Elisa annuirono soddisfatti: – Ora sì che siete pronte per il **CARNEVALE!** Andiamo!
Quando le Tea Sisters avevano ricevuto l'invito dei loro amici per il Carnevale, si erano immaginate un evento **ALLEGRO** e **CHIASSOSO,** ma quello che le aspettava andava ben oltre la loro immaginazione.
Appena scese dalla barchetta, le ragazze vennero circondate da una folla variopinta e da splendide **maschere** e **costumi** luccicanti.
Intenta a guardarsi intorno, Pam urtò per sbaglio un passante che indossava una bizzarra maschera con un **LUNGO BECCO**. – Ops... mi scusi!
La maschera si voltò a guardarla e, senza parlare, le fece un ampio inchino, poi si voltò e **SCOMPARVE** tra la folla.

Come in un sogno!

– Ma... dov'è finito? – si chiese Pam, con il dubbio di essersi **sognata** tutto.
Elisa sorrise e la prese sottobraccio: – Non farci troppo caso, in questi giorni la città è ancora più magica del solito e capita spesso di chiedersi se quello che si vede sia davvero reale...
Nel frattempo, i ragazzi erano sbucati in una **grande** piazza circondata da meravigliosi palazzi.
– Questa è San Marco, la piazza più famosa della città – disse Elisa.
– E siamo arrivati giusto in tempo per la *sfilata al Gran Teatro!* – aggiunse il fratello, indicando un grande palco, costruito apposta per il Carnevale.
Le Tea Sisters ammirarono affascinate le maschere che sfilavano sulla passerella, mentre Paulina continuava a scattare foto e a lanciare gridolini di ammirazione.

Come in un sogno!

Poi, all'improvviso: – AHHHHHHHHHH! AIUTOOOO!

Le ragazze vennero interrotte dal grido di una signora con un ampio costume da dama del Settecento.

– Che cos'è successo? – chiese Colette, stringendosi intorno alla roditrice insieme a una piccola folla di curiosi.

– Mi hanno DERUBATA! Hanno preso il mio prezioso... il mio prezioso...

– ... portafogli? – provò a completare Pam.

– Noooo! – urlò lei.

– IL MIO PREZIOSO... VENTAGLIO!

IL VENTAGLIO SVANITO

Le ragazze si **GUARDARONO** stupite, mentre la roditrice continuava a lamentarsi a voce alta.
– **CHI è stato?** – chiese un roditore appena arrivato.
– Come posso saperlo?! – rispose la dama.
– So solo che il mio **VENTAGLIO** non c'è più!
– Stia tranquilla – le disse dolcemente Paulina. – E ci spieghi per bene che cos'è successo.
La roditrice fece un grande **SOSPIRO** e iniziò a raccontare: – Stavo ammirando la sfilata quando improvvisamente ho visto qualcosa luccicare per terra: mi sembrava

IL VENTAGLIO SVANITO

una spilla con delle pietre preziose. Pensando che si fosse **SGANCIATA** da qualche costume, mi sono chinata per raccoglierla e cercare chi l'avesse **PERSA**.
– Continui – la invitò gentilmente Elisa.
La roditrice indicò la gonna del proprio **sontuoso** abito: – Prima di chinarmi a raccogliere la spilla, ho infilato per un istante il mio **VENTAGLIO** in questa tasca. Ma quando mi sono rialzata... Non c'era più!
– E NON SI È ACCORTA DI NULLA?

IL VENTAGLIO SVANITO

La dama scosse la testa: – Certo che no, altrimenti non mi sarei lasciata SOFFIARE il mio ventaglio da sotto il naso! È stato un ladro esperto, ve lo dico io!
UN PRESTIGIATORE!
– Sì, è stato molto abile – commentò Elisa.
– E al posto del mio ventaglio ho trovato in tasca questa CARTA! – si lamentò la roditrice, mostrando una carta con un cappello a cilindro al centro.
– E la spilla? – chiese Violet.
La dama scosse la testa.
– Questo è il fatto più strano di tutti: è SPARITA anche lei! Non ho fatto in tempo ad avvicinare la mano al suolo per raccoglierla... che si era VOLATILIZZATA!
Le Tea Sisters si scambiarono un'occhiata interrogativa.

– Qualcuno forse può averla calciata via? – ipotizzò Marco. – Con la FOLLA di oggi è possibile... E magari anche al suo VENTAGLIO è successo lo stesso...

La roditrice gli lanciò un'occhiata SDEGNATA: – Ragazzo, se il mio ventaglio mi fosse semplicemente scivolato di tasca me ne sarei accorta. E invece è SPA-RI-TO!

E anche la spilla. Ve lo assicuro! – *Per mille bielle sbiellate...* – borbottò Pam, grattandosi la testa. – Che MAGIA è questa?

IL VENTAGLIO SVANITO

Marco, intanto, controllò insieme ad altri roditori il suolo intorno alla dama, ma del ventaglio non c'era nessuna traccia.

Paulina riprese a fare domande: – Il ventaglio era **prezioso?**

– Non particolarmente, anche se era antico... Ma aveva un grande valore affettivo. L'ho portato a ogni CARNEVALE... è insostituibile per me!

– E non ha notato nient'altro di strano? – chiese ancora Violet.

La roditrice SCOSSE la testa, decisa. Poi d'un tratto si bloccò e fissò le ragazze, come sul punto di fare una RIVELAZIONE.

– In effetti... – iniziò, – ci sarebbe una cosa, ma non so se...

– Ce la dica! – la esortò Nicky. – Anche il più piccolo dettaglio potrebbe essere utile.

– Dunque, quando mi sono chinata per raccogliere la spilla ho sentito un FRULLO D'ALI!

UN FRULLO D'ALI...

– Beh, qui intorno ci sono **MOLTI** piccioni – commentò Pam, lanciando un'occhiata alla piazza.
– Non ho mai sentito un piccione così rumoroso! Ma adesso voglio solo **RIENTRARE** a casa. Ne ho abbastanza per oggi.
E così dicendo si allontanò, lasciando gli amici sempre più confusi.
– Non so che cosa ne pensiate voi... Ma qualcosa qui non quadra – commentò Colette.
Paulina annuì: – Il particolare della carta, il **FRULLO D'ALI...**
Violet si intromise: – E poi, che interesse può avere un ladro a **RUBARE** un piccolo ventaglio da una tasca, rischiando di essere scoperto, in una piazza piena di persone con borse e gioielli più facili da **SOTTRARRE?**

Nessuno riuscì a darle una risposta e solo dopo qualche istante di SILENZIO Marco, ripreso il suo tono vivace, disse: – Sono convinto che il ventaglio sia finito a terra e sia stato spinto lontano... o addirittura può essere caduto in ACQUA! Forza, non facciamoci rovinare la serata: a casa ci aspetta... una cena coi fiocchi!

– *CORRIAMO, ALLORA!* – esclamò Pam ridendo. – Io ho una fame... da leone!

Di nuovo lui!

Quando i ragazzi aprirono la porta di casa, vennero **ACCOLTI** da una voce profonda.
– Elisa, Marco, siete tornati? E le vostre amiche sono arrivate?
Poi il viso di un roditore alto e **BARBUTO** fece capolino dalla cucina.
– Papà! – esclamò Elisa, buttandogli le braccia al collo. – Che bello vederti a casa così **PRESTO!**

Di nuovo lui!

Il viso severo del roditore si sciolse in un affettuoso SORRISO.
– Sono uscito un po' prima dal comando di polizia, così ho avuto il tempo di prepararvi una CENETTA come si deve. Ma... non mi presenti le tue amiche?
– Oh, certo, loro sono Colette, Violet, Nicky, Pam e Paulina, ovvero...
– ... le Tea Sisters! – dissero in coro le ragazze, facendosi avanti per *presentarsi*.
Dopo essersi tolti i costumi, i ragazzi si sedettero a tavola, e Colette chiese al padre degli amici: – Quindi lei è un POLIZIOTTO?
Fu Elisa a rispondere per lui: – Oh, no, lui è l'ispettore capo di polizia! Ed è sempre così impegnato a seguire i casi da risolvere in città che non ci VEDIAMO quasi mai!
Il roditore sorrise affettuosamente: – Mia figlia esagera, ma in effetti ultimamente il lavoro mi ha tenuto molto occupato.

– Beh, anche noi oggi abbiamo assistito a un piccolo FURTO... – accennò Violet.
Il padre dei ragazzi si fece serio.
– Che tipo di furto?
– Oh, beh... gnam... niente di *prezioso*... gnam... – rispose Pam. – È stato rubato solo... gnam... l'antico VENTAGLIO di una dama del Settecento. Cioè... – si corresse, – la signora non era del Settecento, ma... gnam... era VESTITA, sì, insomma...
Colette accorse in suo aiuto: – Aveva un costume da dama del Settecento e il ventaglio ne faceva parte!
A quel punto l'ispettore si fece spiegare nel dettaglio quello che avevano visto i ragazzi e, quando Pam raccontò del ritrovamento della carta con il cilindro, l'ispettore gettò il tovagliolo sulla tavola esclamando:
– DI NUOVO LUI!
– Lui... chi? – chiese Elisa preoccupata

Di nuovo lui!

dall'**IMPROVVISO** cambiamento di umore del padre, che poteva significare solo: 'guai in vista' e 'addio serata insieme'!
– Niente, non è nulla che vi *riguardi...* – disse lui pensieroso. Colette guardò le amiche, poi diede voce al pensiero di tutte: – Noi siamo grandi appassionate di **CASI MISTERIOSI!** Le prometto che non racconteremo a nessuno quello che dirà!
L'ispettore **OSSERVÒ** le ragazze e i figli che lo guardavano pieni di curiosità, quindi fece un **SOSPIRO**: – Va bene, vi dico quel che posso rivelare. Da qualche giorno in città vengono rubate **maschere** o accessori appartenenti a costumi antichi. Del ladro purtroppo non abbiamo nessuna traccia...
Sembra che i furti avvengano tutti in circostanze **MISTERIOSE**: da un momento

Di nuovo lui!

all'altro, senza che nessuno si accorga di nulla... gli oggetti SCOMPAIONO!
– Come è accaduto oggi sia per il ventaglio sia per la spilla vista a terra dalla roditrice... – rifletté Violet.
L'ispettore annuì. – L'unica traccia che il LADRO lascia ogni volta sul luogo del furto è una carta identica a quella che avete descritto voi...
– *Come se fosse la sua firma!* – esclamò Pamela. – Ma che cosa vorrà dire?
L'ispettore scosse la testa: – Purtroppo non lo sappiamo ancora...
– Che cosa ha RUBATO fino a oggi? – intervenne Marco.
L'ispettore si alzò e prese dalla borsa un grande fascicolo giallo, da cui estrasse alcune fotografie, che posò in ordine sparso sul tavolo.
– Ecco alcuni degli oggetti rubati – disse.

Di nuovo lui!

I ragazzi si strinsero per **GUARDARE** bene. Nelle fotografie si vedevano una meravigliosa **maschera** da pavone, una maschera ricoperta di conchiglie e un sontuoso costume dorato.

– Mmm... che cosa avranno **IN COMUNE** tutte queste cose? – chiese Colette, pensierosa.

– Sembra **NULLA** – rispose Marco. – Eppure qualcosa dev'esserci... Tanto per **INIZIARE** potremmo capire a chi sono state **RUBATE** e...

Di nuovo lui!

L'ispettore riprese le foto e chiuse bruscamente il fascicolo.

– Voi **NON** dovete capire proprio nulla! – dichiarò con tono severo.
– Anzi, vi ho fatto **VEDERE** già fin troppo!
– Ma papà... – si lamentò Marco.
– A noi piacerebbe aiutarti e...
– Non se ne parla nemmeno, sai che non voglio che **SIATE COINVOLTI** nel mio lavoro! Queste non sono occupazioni per ragazzi come voi.
Poi, **ammorbidendosi** un poco, aggiunse: – Io faccio un salto al comando di

Di nuovo lui!

polizia per **RACCOGLIERE** informazioni su quest'ultimo caso. Ci vediamo più tardi! Così dicendo il padre *USCÌ* dalla stanza, lasciando tutti in silenzio.

INDIZI!
IL MISTERIOSO LADRO SI FIRMA SOLO CON UN CAPPELLO A CILINDRO... CHE COSA VORRÀ DIRE?

NELLE FOTOGRAFIE MOSTRATE DALL'ISPETTORE C'È UN ELEMENTO COMUNE A TUTTE...

LO HAI NOTATO ANCHE TU?

La grande sfilata

Il momento di tensione fu presto dimenticato. Dopo cena, Elisa e Marco **SPIEGARONO** alle amiche che avevano organizzato una magica serata immersi nell'**ATMOSFERA** del Carnevale veneziano.
– Per cominciare, vi proponiamo un **concorso di bellezza!** – disse Marco.
– Un concorso di bellezza? Ma come, il Carnevale prevede anche eventi **di questo tipo?** – chiese Colette.

LA GRANDE SFILATA

Marco scoppiò in una gran risata: – Sì: è il concorso per la **maschera** più bella!
Sua sorella spiegò: – Il concorso si ripete ogni anno: questa sera potremo vedere sfilare tutti i **concorrenti**. Vi piacerà, è molto divertente! E ora... tutti in costume!
Elisa aveva ragione. Quando **ARRIVARONO** in piazza San Marco, la trovarono ancora **più bella** con la luce della sera!
Sulla passerella del Gran Teatro sfilavano, al rullo di **TAMBURI**, roditori **VESTITI**

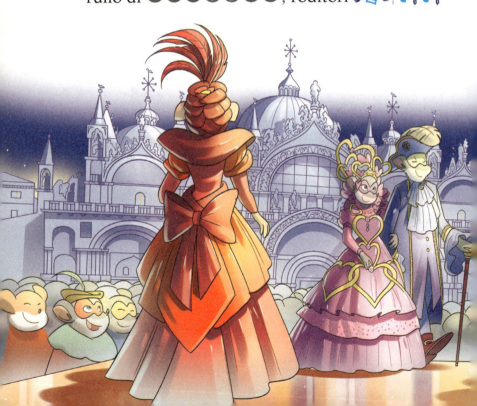

LA GRANDE SFILATA

da dame e cavalieri, ma anche da antichi Egizi, costellazioni, animali...
Le Tea Sisters si fermarono ad **ammirare** gli incredibili costumi che si susseguivano sulla passerella, circondate da una folla allegra e VARIOPINTA.

– Che meraviglia... – commentò Colette, incantata.

– Meglio di una sfilata d'alta moda, eh, sorella? – scherzò Pam.

CHE MERAVIGLIA!

LA GRANDE SFILATA

Colette arrossì: – Ammetto che questa è la sfilata più STUPEFACENTE a cui io abbia mai assistito!

Nicky aggiunse: – Hai ragione... Vorrei che questa SERATA non finisse mai!

Marco ed Elisa sorrisero e si scambiarono un'occhiata d'intesa.

– In effetti, non sta per finire: ci stavamo chiedendo SE... – iniziò Marco.

– Se potesse interessarvi un'altra sorpresa! – continuò Elisa.

– Ma forse siete troppo STANCHE... – concluse il fratello con un sorrisetto ironico.

UNA FESTA!

– Avanti, non teneteci sulle SPINE! – li esortò Paulina.

– Di che cosa si tratta?

– Di una FESTA! – esclamò allegro Marco.

– Una festa? Ma certo

LA GRANDE SFILATA

che non siamo stanche! Siamo fresche e piene di **energia!** – esultò Colette, battendo le mani.
Gli amici scoppiarono a ridere ed Elisa spiegò: – Alcuni amici di papà hanno organizzato una **festa in maschera** nel loro bellissimo palazzo sul Canal Grande...
Pam quasi non la lasciò finire: – Beh, sorelle, che cosa aspettiamo?

Andiamo a prendere LA BARCA!

FESTA...
CON SORPRESA!

Mezz'ora dopo le Tea Sisters, insieme a Marco ed Elisa, stavano ENTRANDO in un lussuoso palazzo addobbato per l'occasione. Quando raggiunsero la sala da ballo, restarono senza FIATO: ci saranno stati almeno cento invitati, che chiacchieravano e volteggiavano sulla pista, facendo risplendere i loro meravigliosi costumi.
– Guarda Marco, LAGGIÙ c'è papà! – esclamò Elisa. – Sarà ancora arrabbiato?
– Ma no, non ti preoccupare. Sarà felice di vederci! – la rassicurò Marco.
Aguzzando la VISTA, le Tea Sisters si accorsero che dietro un abito da ciambellano si

FESTA... CON SORPRESA!

nascondeva proprio l'ispettore di POLIZIA che aveva cucinato per loro poche ore prima.
– Chi è la bellissima *dama* con cui sta parlando? – chiese Colette.
Accanto all'ispettore, infatti, c'era una roditrice avvolta in un abito di velluto dalla foggia ANTICA, completato da un elaborato copricapo che sembrava intessuto nel ghiaccio.
– È la padrona di casa, una vecchia amica di papà – spiegò Elisa – e il suo abito rappresenta l'INVERNO!
– Quel cappello è straordinario! – commentò Colette.
– Che ne dici, Cocò, lo fotografiamo?

CHE BELLA FESTA!

FESTA... CON SORPRESA!

Possiamo prendere qualche spunto per i nostri corsi all'*Accademia di moda!* – propose sorridendo Paulina.

In quel momento, però, vennero distratte da un episodio che colse tutti di SORPRESA.

I grandi lampadari di cristallo all'improvviso si spensero, lasciando gli ospiti al BUIO! Il chiacchiericcio e la musica cessarono immediatamente.

– Ragazze! Che cosa succede? – mormorò Elisa **PREOCCUPATA**, cercando a tentoni le amiche.

– Per mille pistoni ingrippati! Dove... – iniziò Pam, ma prima che potesse terminare la frase, un urlo *femminile* risuonò nel salone:

– Aaaaaah!

La luce si riaccese di colpo. Al centro della sala, la padrona di casa si era portata le mani alla testa e strillava disperata. Il suo prezioso copricapo era SCOMPARSO!

FESTA... CON SORPRESA!

Le Tea Sisters le si avvicinarono, mentre nella sala fioccavano i commenti:
– *È sparito all'improvviso!*
– *Che magia è mai questa?*
– *Chi sarà stato?*

Nicky indicò il grande lampadario sopra la testa della dama: oscillava facendo tintinnare le gocce di cristallo perché... c'era una finestra **SPALANCATA!**

Poi la ragazza afferrò al volo un oggetto che volteggiava nell'aria: una carta con il disegno di un **CILINDRO** al centro!

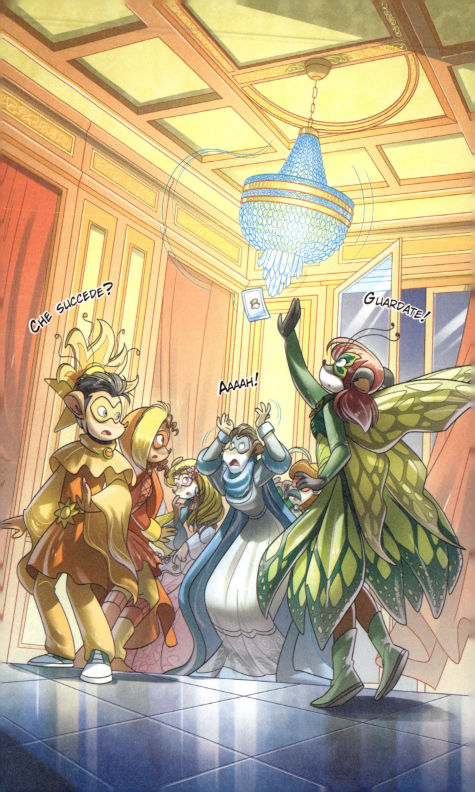

Nuovi indizi

Nicky si **rigirò** la carta tra le mani.
– Di nuovo il ladro misterioso... – commentò Paulina **AVVICINANDOSI** all'amica.
Violet invece si rivolse alla padrona di casa, che si era **ACCASCIATA** su una poltroncina, con aria molto triste.
– Mi scusi, potrebbe raccontarci che cosa è successo? Forse possiamo **aiutarla**.
La roditrice sospirò: – Io... veramente non mi sono accorta di nulla. È andata via la luce... ho sentito uno strano suono...
– Come un **FRULLO D'ALI???** – la incalzò Marco, ricordandosi le parole della signora a cui era stato rubato il ventaglio.

Nuovi indizi

– In effetti... Ma come fate a saperlo? – rispose la roditrice.

In quel momento però ARRIVÒ l'ispettore e si intromise, burbero: – Che cosa state facendo?

Fu Marco a rispondere: – Solo qualche domanda alla padrona di casa, per capire come è stato RUBATO il suo copricapo.

CHE COSA STATE FACENDO?!

Nuovi indizi

Il padre scosse la testa: – Vi ho già detto prima di non occuparvi di questa faccenda. Può essere **PERICOLOSO!**

– Ma papà... – provò a dire Elisa.

– **NIENTE OBIEZIONI!** E ora fatevi da parte e lasciate che sia io a fare le domande.

I ragazzi si **ALLONTANARONO** con l'aria mesta. Una volta tornati a casa, però, gli interrogativi iniziarono ad **ACCUMULARSI** nelle loro teste e, invece di andare a dormire, i ragazzi rimasero in salotto a fare il punto della situazione.

– Finora abbiamo pochi **INDIZI** – iniziò Paulina dubbiosa.

– È vero – confermò Marco. – La carta con il cappello a **CILINDRO** al centro...

– Che cosa vorrà dire? – chiese Pam.

– Dev'essere una specie di *firma*... – ipotizzò Colette. – Ma non ci aiuta.

Nuovi indizi

– Poi c'è quel suono di un FRULLO D'ALI! – aggiunse Elisa.

– E la finestra APERTA... – concluse Violet, pensierosa.

– Yawn! – sbadigliò Pam. – Non so voi, ma io sono esausta... Propongo di continuare a parlare del LADRO MISTERIOSO domattina... Magari dopo una bella colazione!

Marco sorrise: – Se anche super-Pam è a corto di ENERGIE... è ora di andare a dormire!

Così dicendo, si alzò di scatto e urtò senza volere un tavolino ingombro di CARTE, libri e fascicoli del padre. Il raccoglitore giallo che l'ispettore aveva mostrato ai ragazzi quella sera a cena CADDE a terra, spargendo il suo contenuto sul tappeto.

– FRATELLONE! Sei il solito pasticcione! – scherzò Elisa.

Nuovi indizi

Violet invece iniziò a **RACCOGLIERE**
i documenti e, sollevando
una foto, chiese: – Ragazzi,
che cosa vuol dire
'Murano'?
È scritto qui, dietro la foto
della maschera da pavone
che è stata rubata.
– È un luogo. Un'isola
poco **LONTANA**
dalla città – spiegò
Elisa alle Tea Sisters.
– È la località famosa per la
lavorazione del **VETRO?** – chiese Colette.
– Devo averlo letto sulla guida di Pilla...
– Sì, esatto! – rispose Elisa. – È molto famosa
ed è una delle mete che ci piacerebbe farvi
VISITARE.
A quel punto Marco esclamò: – Ragazze,
ho un'idea. Che ne dite se invece di una

Nuovi indizi

semplice gita turistica a Murano... facessimo una **gita-indagine?**
Pam si riscosse dal sonno e, incuriosita, chiese:
– *Che cosa intendi?*
Marco sorrise e concluse: – Direi che... lo capirete domani!

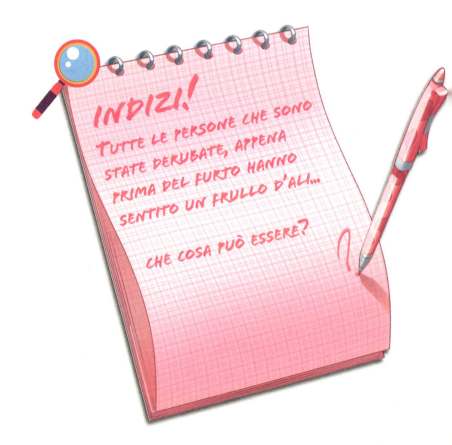

INDIZI!
TUTTE LE PERSONE CHE SONO STATE DERUBATE, APPENA PRIMA DEL FURTO HANNO SENTITO UN FRULLO D'ALI...

CHE COSA PUÒ ESSERE?

Una firma nascosta

Il mattino dopo le Tea Sisters si alzarono di buon'ora.

Il piano di Marco era semplice: avrebbero visitato l'isola di **Murano** e, visto che c'erano, avrebbero cercato il proprietario della **maschera** da pavone, per fargli qualche domanda.

Elisa, però, non era convinta.

Mentre il vaporetto* li portava verso la loro meta, solcando le **acque** della laguna, la ragazza protestò con il fratello: – Perché non possiamo dedicarci solo al **turismo?** Le nostre amiche sono qui per divertirsi, non per fare le **detective!**

---

* Il vaporetto è un'imbarcazione a motore ed è il mezzo di trasporto pubblico più diffuso a Venezia, al posto degli autobus.

Una firma nascosta

— Ma se sono le più GRANDI ESPERTE di misteri che conosciamo! – protestò Marco, prima di rivolgere un sorriso affettuoso alle amiche. – Non è vero, ragazze?

— Siamo SUPER APPASSIONATE di misteri – confermò Violet. – Però Elisa ha ragione, facciamo un po' i turisti! Anche perché non vorremmo andare CONTRO il volere di vostro padre!

— Senza contare che io vorrei assolutamente vedere il *Museo del Vetro!* – intervenne Colette.

Elisa dichiarò: – Vedi? Accontentiamo le nostre amiche!

— E va bene! – si rassegnò Marco. – Prima il turismo e poi... un po' di INDAGINE!

Pam scoppiò a ridere: – Sei davvero incorreggibile!

Intanto, Elisa iniziò a spiegare:

Dedichiamoci al turismo!

UNA FIRMA NASCOSTA

– In realtà Murano non è un'isola unica ma sono **SETTE** isolette, unite da ponti e canali. È famosa in tutto il mondo per la lavorazione del vetro e la nostra prima tappa sarà dedicata proprio a questa **ANTICA** tradizione. Una volta scesi dal vaporetto, infatti, i ragazzi si diressero verso una **FORNACE**.
– Qui lavorano i maestri vetrai più famosi di Venezia – spiegò Marco. – Vedrete, sarà uno spettacolo!
Un istante dopo gli amici si trovarono di fronte a un roditore che, con grande abilità, lavorava una massa densa di vetro **INCANDESCENTE**. Quando, facendola ruotare con poche mosse esperte, la trasformò in un magnifico vaso, le Tea Sisters rimasero a bocca aperta.
– È davvero bravo! – esclamò Pam, senza riuscire a staccare gli occhi dagli oggetti che il roditore stava creando.

Siete pronti a partire?
In libreria vi aspettano tante nuove avventure!

Scoprite tutto sul mondo delle Tea Sisters su
www.ildiariodelleteasisters.it

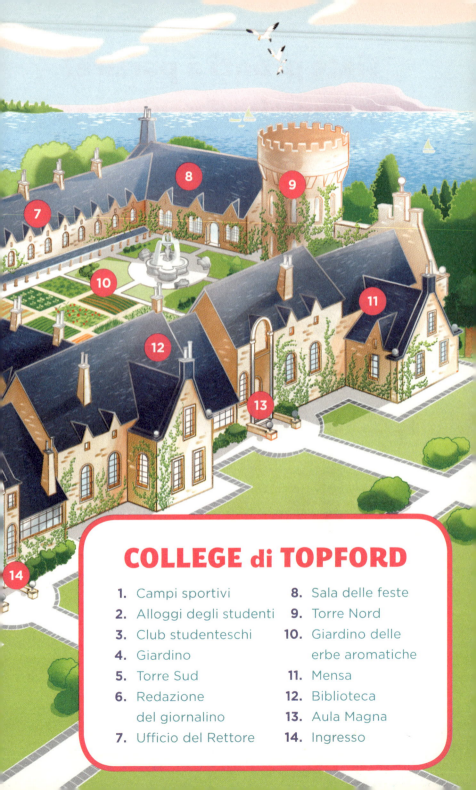

ISOLA delle BALENE

1. Osservatorio astronomico
2. Faraglioni dei Gabbiani
3. Spiaggia degli Asinelli
4. Clinica veterinaria "Cuccioli felici"
5. Locanda di Marian
6. Monte Franoso
7. Picco del Falco
8. Spiaggia delle Tartarughe
9. Fiume Patella
10. Bosco dei Falchi
11. College di Topford
12. Grotta del Vento
13. Circolo Velico
14. Accademia della Moda
15. Scogli del Cormorano
16. Bosco degli Usignoli
17. Biblioteca Comunale
18. Porto
19. Villa Marea: laboratorio di biologia marina
20. Impianti fotovoltaici per l'energia solare
21. Baia delle Farfalle
22. Scoglio del Faro

- 31 La città segreta
- 32 Sfilata di moda per Colette
- 33 I dolci del cuore
- 34 Stiliste per caso
- 35 Ballare che passione!
- 36 Una regata per cinque
- 37 Sulle note del cuore
- 38 Un cucciolo in cerca di casa
- 39 Il segreto delle farfalle dorate
- 40 Il magico spettacolo dei colori
- 41 Lo specchio della sirena
- 42 Un sogno a passo di danza

- 43 La lettera segreta
- 44 Il trofeo dell'amicizia
- 45 Amiche per la moda
- 46 Operazione gran ballo
- 47 Mistero al faro dei gabbiani
- 48 Il giardino dei segreti
- 49 Sognando la vittoria
- 50 Il segreto dell'amicizia
- 51 Un cavallo per un sogno
- 52 Mistero sotto le stelle
- 53 Il quadro misterioso
- 54 La staffetta dell'amicizia

I Segreti delle Tea Sisters

- 1 Piccole ricette tra amiche
- 2 Amiche a scuola di danza
- 3 I nostri amici cuccioli
- 4 Passione moda
- 5 Tempo di... festa!

Vita al College

1 L'amore va in scena a Topford!

2 Il diario segreto di Colette

3 Tea Sisters in pericolo!

4 Sfida a ritmo di danza!

5 Il progetto super segreto

6 Cinque amiche per un musical

7 La strada del successo

8 Chi si nasconde a Topford?

9 Una misteriosa lettera d'amore

10 Un sogno sul ghiaccio per Colette

11 Ciak si gira a Topford!

12 Top model per un giorno

13 Missione "Mare Pulito"

14 Il codice del drago

15 Il club delle poetesse

16 La ricetta dell'amicizia

17 Gran ballo con il principe

18 Il fantasma di Castel Falco

19 Campionesse si diventa!

20 Più che amiche... sorelle!

21 Un matrimonio da sogno

22 Cinque cuccioli da salvare

23 Il concerto del cuore

24 Mille foto per una top model

25 La montagna parlante

26 Il tesoro dei delfini azzurri

27 A lezione di bellezza

28 Una magica notte sulla neve

29 Un tesoro di cavallo

30 Cinque amiche in campo

24 **Mistero in Madagascar**

25 **Inseguimento tra i ghiacci**

26 **Carnevale a Venezia**

27 **Il tesoro scomparso**

28 **Due cuori a Londra**

29 **Sognando le Olimpiadi**

30 **Il principe degli oceani**

31 **Principesse a Vienna**

32 **Missione Niagara**

33 **Il canto delle balene**

34 **Sogno d'amore a Lisbona**

35 **Caccia al tesoro a Roma**

36 **La leggenda del giardino cinese**

37 **Il segreto della Foresta Nera**

38 **Destinazione Malesia**

39 **Il segreto di Firenze**

40 **Viaggio in Messico**

Grandi Libri

Il segreto delle Fate del Lago

Il segreto delle Fate delle Nevi

Il segreto delle Fate delle Nuvole

Il segreto delle Fate degli Oceani

Il segreto delle Fate dei Fiori

Il segreto delle Fate dei Cristalli

LA TUA COLLEZIONE TS

Leggere è un'avventura emozionante!
Segna tutti i libri della tua collezione!

Tea Sisters

- 4 **Mistero a Parigi**
- 5 **Il vascello fantasma**
- 6 **Grosso guaio a New York**
- 7 **Il tesoro di ghiaccio**
- 8 **I naufraghi delle stelle**
- 9 **Il segreto del castello scozzese**
- 10 **Il mistero della bambola nera**
- 11 **Caccia allo scarabeo blu**
- 12 **Lo smeraldo del principe indiano**
- 13 **Mistero sull'Orient Express**
- 14 **Mistero dietro le quinte**
- 15 **La leggenda dei fiori di fuoco**
- 16 **Missione "flamenco"**
- 17 **Cinque amiche per un leone**
- 18 **Sulle tracce del tulipano nero**
- 19 **Una cascata di cioccolato!**
- 20 **I segreti dell'Olimpo**
- 21 **Amore alla corte degli zar**
- 22 **Avventura ai Caraibi**
- 23 **Colpo di scena a Hollywood**

Identità nascosta	91
La Bottega degli Incanti	97
Un messaggio spettacolare	103
Identikit	109
Allerta massima!	115

Un tuffo imprevisto	122
Un bel granchio	128
Un mago, due maghi... troppi maghi!	133
Una salita interminabile	139
Ladro... o collezionista?	145

La magia è finita!	151
Il Ponte dei Sospiri	156
L'ultimo trucco	161
Ragioniamo!	166
La soluzione più giusta	172
Arrivederci Venezia	177

INDICE

Un posto da sogno	9
In taxi... senza ruote!	16
Una casa sull'acqua	23
Come in un sogno!	30
Il ventaglio svanito	39
Di nuovo lui!	46

La grande sfilata	55
Festa... con sorpresa!	60
Nuovi indizi	65
Una firma nascosta	71
Tè con indizi	82

Soluzioni!

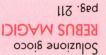

Soluzione gioco
REBUS MAGICI
pag. 211

S**VELA** RE IL TRUC**CODE** L M**AGO** =
SVELARE IL TRUCCO DEL MAGO

PICCO**LI** CONI GLI =
PICCOLI CONIGLI

Soluzioni!

Soluzione gioco
GLI OGGETTI SMARRITI
pag. 207

Soluzione gioco
TROVA LE DIFFERENZE
pagg. 202-203

REBUS MAGICI

REBUS MISTERIOSO (7, 2, 6, 3, 4)
Risolvi questo rebus e scoprirai che la paura più grande del ladro di Venezia è che qualcuno possa…

REBUS DEL CILINDRO (7, 7)
Che cosa spunta spesso dal cilindro di un mago?

SOLUZIONE TEST

Maggioranza di risposte A
Per il tuo animo delicato serve un costume dolce e molto romantico: un personaggio delle fiabe è perfetto!

Maggioranza di risposte B
Per te ci vuole un costume vivace e sgargiante. Potresti sbizzarrirti con una delle coloratissime maschere veneziane!

Maggioranza di risposte C
Allegra e sensibile, per te ci vuole un costume elegante e raffinato. L'ideale è un vestito da principessa!

4. La tua musica preferita è...
A. La musica classica.
B. Il rock'n'roll.
C. La musica pop.

5. Da grande ti piacerebbe di più...
A. Fare l'insegnante o la bibliotecaria.
B. Diventare una rockstar e girare il mondo.
C. Fare la veterinaria.

6. La tua migliore amica deve essere...
A. Una buona confidente.
B. Una compagna di avventure.
C. Allegra e divertente.

7. Il tuo libro ideale è...
A. Un'avventura fantastica.
B. Un giallo avvincente.
C. Una storia realistica, in cui immedesimarti.

SCOPRI IL TUO... TRAVESTIMENTO IDEALE!

TEST

1. Quando sei in una stanza piena di gente che non conosci bene...

A. Ti fai piccola piccola, cercando di non farti notare.
B. Ti butti in mezzo alla folla, iniziando a chiacchierare con chi ti sembra interessante.
C. Cerchi con lo sguardo qualcuno che conosci già e ti avvicini per salutarlo.

2. Se potessi scegliere che animale essere, preferiresti...

A. Uno scoiattolino.
B. Un leone.
C. Un cane.

3. Se ti capita di incontrare una persona simpatica, che vorresti conoscere...

A. Aspetti che sia lei a fare il primo passo per conoscerti meglio.
B. Provi a proporgli di fare qualcosa insieme.
C. Le sorridi, in modo che capisca il tuo interesse.

GIOCO:
GLI OGGETTI SMARRITI

Nella folla del Carnevale sono stati persi alcuni oggetti. RIESCI A RITROVARLI?

Ventaglio — Anello — Guanto — Diadema

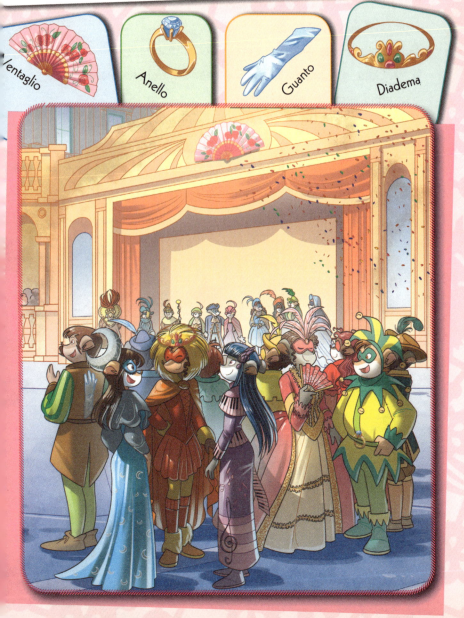

RICETTA
TORTINO DI RISO ALLA TURCHESCA

INGREDIENTI

1 l di latte, 120 g di riso, 60 g di zucchero, mezza stecca di vaniglia, un cucchiaio di uvetta, 30 g di pinoli, una noce di burro e un pizzico di sale.

1. **VERSA IL LATTE** in una pentola e aggiungi la vaniglia. Con l'aiuto di un adulto, metti la pentola sul fuoco e, appena prima che il latte inizi a bollire, versaci dentro il riso e mescola velocemente per evitare che si attacchi sul fondo della pentola.

2. Quando il riso avrà assorbito circa la metà del latte, **AGGIUNGI** un pizzico di sale, lo zucchero, il burro, l'uvetta e i pinoli. Continuando a mescolare, **LASCIA CUOCERE** fino a quando il latte non sarà quasi del tutto assorbito e il riso sarà diventato morbido.

3. **LASCIA RAFFREDDARE,** poi versa il tutto in uno stampo imburrato e zuccherato e cuoci in forno a 180°C per 20 minuti circa.

Per un **TOCCO DI GUSTO IN PIÙ,** verso la fine della cottura in pentola aggiungi la buccia grattugiata di **MEZZO LIMONE!**

RICETTA
ESSE DI BURANO

Questi biscotti a **forma di 'esse'** sono la specialità dell'isola di Burano. Sono deliziosi da soli o... con una bella cioccolata calda! Ecco come farli!

INGREDIENTI

Per mezzo chilo di biscotti: 250 g di farina, 140 g di zucchero, 70 g di burro, 3 tuorli d'uovo, 1 bustina di vanillina, il succo di mezzo limone, un pizzico di sale.

1. IN UNA CIOTOLA mescola il burro ammorbidito, lo zucchero e i tuorli delle uova, uno alla volta. Aggiungi la vanillina, il succo di limone, il sale e la farina setacciata.

2. IMPASTA il composto con le mani, poi forma dei cilindri di circa 2 cm di diametro e modellali secondo la caratteristica forma a 'S'.

3. DISPONI i biscotti su una teglia e infornali a 180°C per circa 20 minuti.

4. LASCIA raffreddare prima di servirli!

Buon appetito!

RICETTA
DOLCI GOLOSITÀ: PINCIA

Da Elisa e Marco ho scoperto di avere una **vera passione per i dolci veneziani!** Assaggiali anche tu!

INGREDIENTI

Per 4 persone: 300 g di mollica di pane raffermo, 6 dl di latte, 100 g di farina, 30 g di burro, 90 g di zucchero, 100 g di uvetta, 2 uova, un pizzico di sale, zucchero a velo.

1. **FAI AMMORBIDIRE** l'uvetta in un bicchiere di acqua tiepida.

2. **METTI LA MOLLICA** a pezzetti in una ciotola, versaci il latte e lascia in ammollo per mezz'ora circa. Poi aggiungi al pane la farina, lo zucchero, il burro sciolto, le uova precedentemente sbattute, l'uvetta strizzata, il sale e mescola tutto.

3. **IMBURRA** una tortiera e versaci il composto ottenuto. Inforna a 180°C per circa 50 minuti.

4. **LASCIA RAFFREDDARE** e spolverizza con lo zucchero a velo.

Se vuoi rendere questa ricetta **PIÙ GUSTOSA** puoi aggiungere una manciata di pinoli e qualche goccia di **CIOCCOLATO!**

Queste due immagini sembrano identiche, ma nella seconda mancano 6 dettagli: riesci a trovarli?

GIOCO: TROVA LE DIFFERENZE

Nicky si è seduta accanto a una roditrice su delle gradinate, ma... c'è qualcosa che non va! Guarda bene!

Il roditore in fondo ti sembra **più alto e quello davanti più basso?** E invece... sono tutti alti uguali!

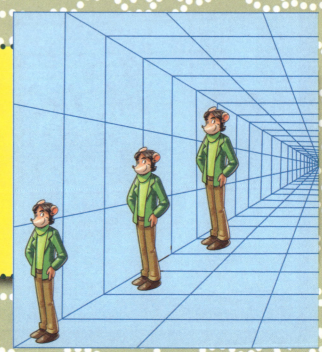

SEMBRA STRANO MA...

La magia non esiste: è tutta questione di abilità, velocità e... vista! Mettiti alla prova con queste illusioni ottiche.

Guarda attentamente questa immagine: ti sembra che una strada sia **diversa dalle altre?**
Esatto! Solo che... non è la terza (che è identica alla prima), ma la seconda! Misurare per credere!

Osserva i cerchi centrali: ti sembra **più grande quello di destra?**
E invece sono identici, è solo un'illusione ottica!

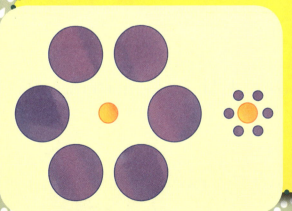

IL PALLONCINO SI GONFIA DA SOLO

Chiedi a qualcuno di gonfiare un palloncino senza soffiarci dentro. Sembra impossibile, ma non con questo esperimento che lascerà tutti... SENZA FIATO!

OCCORRENTE:

Una bottiglietta di plastica da mezzo litro, un palloncino, aceto, bicarbonato di sodio.

1. **Riempi la bottiglietta** con 6 cucchiai di aceto e poi aggiungi 1 cucchiaio scarso di bicarbonato di sodio.

2. **Infila il palloncino** sul collo della bottiglia: lentamente, il palloncino inizierà a gonfiarsi da solo! Questo succede perché all'interno della bottiglietta, grazie a una reazione chimica tra l'aceto e il bicarbonato, viene prodotta anidride carbonica che, essendo un gas, sale verso l'alto e gonfia il palloncino!

IL GHIACCIO ALL'AMO

La scienza a volte sembra quasi una magia! Prova a fare questo esperimento... E STUPIRAI TUTTI GLI AMICI!

OCCORRENTE:
Un bicchiere d'acqua fredda, un cubetto di ghiaccio, un pizzico di sale, un filo spesso.

1. **Metti il cubetto** di ghiaccio nel bicchiere pieno d'acqua. Poi immergi il filo fino a farlo appoggiare al cubetto di ghiaccio.

2. **Prendi un pizzico** di sale e, con un gesto teatrale, spargilo nel bicchiere pieno d'acqua.

3. **Ora annuncia** ai tuoi amici che sarai in grado di sollevare il ghiaccio usando solo il filo! Fai passare qualche istante, poi tira delicatamente il filo verso l'alto: il sale, a causa di un processo chimico, avrà creato un sottile strato di ghiaccio tra filo e cubetto, quindi riuscirai a tenere il ghiaccio sollevato per alcuni secondi!

2. Disponi le altre tre scatole vuote su un tavolo. Poi prendi con la **mano sinistra** due scatole e scuotile, per far capire ai tuoi spettatori che sono vuote.
Infine prendi la terza scatola con la **mano destra** e scuotila: tutti penseranno che la scatola sia piena perché sentiranno il rumore di quella nascosta sotto la manica!

3. Ora mescola più volte le tre scatole sul tavolo e alla fine chiedi agli amici di indovinare dov'è la scatola con le monetine...

NESSUNO INDOVINERÀ perché la scatola piena di monetine non è sul tavolo, ma nascosta sotto la tua manica!
E TU POTRAI DIRE DI AVERLA FATTA SPARIRE!

LA SCATOLA MISTERIOSA

Dopo il caso del misterioso ladro travestito da mago, Elisa, Marco ed io ci siamo appassionati ai trucchi di prestigio. Ne abbiamo scoperto uno davvero semplice e divertente. Prova anche tu: LASCERAI TUTTI A BOCCA APERTA!

OCCORRENTE:
4 piccole scatole uguali, che si possano chiudere; 3 monetine; nastro adesivo di carta; 1 maglietta a maniche lunghe.

1. Prima di andare 'in scena', e senza farti vedere dai tuoi spettatori, indossa la maglia a maniche lunghe, metti le tre monetine in una scatoletta e nascondila sotto la manica del **braccio destro,** fissandola con un po' di nastro adesivo di carta.

E dopo la pioggia... l'arcobaleno!

OCCORRENTE:

Un vecchio cappello a tese larghe, batuffoli di cotone bianco, filo di nylon trasparente, fogli di cartoncino bianco o argento, un vestito di tessuto morbido, pannolenci rosso, arancione, giallo, verde, blu, indaco e violetto, forbici a punte tonde, colla per tessuti, ago e filo.

Incolla sul cappello **tanti batuffoli di cotone**, fino a ricoprirlo completamente: **sarà la tua nuvola!** Fissa alla nuvola tanti fili di nylon lunghi fino al ginocchio e attaccaci con la colla attaccatutto dei cerchi ritagliati nel cartoncino bianco. Ricava dal **pannolenci colorato** sette strisce un po' curve, una per ogni colore dell'arcobaleno, e incollale sul davanti del tuo vestito, nel giusto ordine: rosso, arancione, giallo, verde, blu, indaco e violetto! Non ti resta che indossare il **tuo cappello-nuvola**, l'**abito-arcobaleno** e... degli **stivali da pioggia!**

Medusa in fondo al mar[e]

OCCORRENTE:
Un ombrello trasparente, nastri larghi da regalo bianchi e rosa (o azzurri), forbici a punte tonde, nastro adesivo, pennarello nero indelebile.

Questo **costume da medusa** è perfetto per gli inviti dell'ultimo momento perché è velocissimo da realizzare! Apri **un ombrello trasparente** e attacca su tutta la circonferenza dei nastri da regalo, precedentemente arricciati con le forbici. **Vestiti di bianco e azzurro** e fai ondeggiare l'ombrello sulla tua testa, come in una danza! Se vuoi, puoi **disegnare** sull'ombrello gli occhi della medusa con un pennarello indelebile.

Puoi **completare** il costume incollando delle **conchiglie** di pannolenci su una vaporosa gonna di tulle. Ricalca queste sagome!

Ali da farfalla

OCCORRENTE:
Pantaloni scuri, una vecchia maglietta, due quadrati di stoffa nera con il lato leggermente più lungo del tuo braccio, colori vivaci per stoffa, forbici a punte tonde, ago e filo.

Cuci i quadrati di stoffa sul retro della maglietta, all'altezza delle scapole. Attenzione: non cucire il lato per intero, è sufficiente fissare gli angoli. Indossa la maglietta, tieni un lembo della stoffa tra le dita (come nel disegno), poi chiedi a un adulto di **tagliare il tessuto libero** sagomandolo **come l'ala di una farfalla**. Fai lo stesso con il secondo quadrato di stoffa, poi decora con colori dalle tinte vivaci. Lascia asciugare bene e ... **spiega le ali!**

Se vuoi aggiungere le **ANTENNE**, attorciglia su se stessa una striscia di cartapesta del colore che preferisci. A un'estremità forma una pallina, dall'altra **fissa l'antenna a un cerchietto** con del nastro adesivo. Ripeti con l'altra antenna!

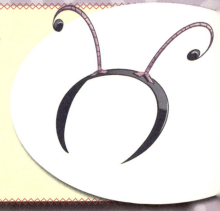

COSTUMI SU MISURA

Qui a Venezia abbiamo visto splendidi costumi di Carnevale. Così ho deciso: per la prossima festa in maschera, realizzeremo gli abiti con le nostre mani! Ho già in mente un sacco di idee... GUARDATE QUI!

La coda del pavone

OCCORRENTE:
Una gonna di tulle azzurra, pannolenci verde, blu e marrone, colla per tessuti, forbici a punte tonde.

Dal pannolenci verde ritaglia tanti cerchi di 10 cm di diametro. Poi ricava dei cerchi di circa 7 cm di diametro dal pannolenci blu e tagliane via uno spicchio. Infine, ritaglia nel pannolenci marrone degli ovali più grandi dei cerchi e incollali nel seguente ordine: un ovale marrone, un cerchio verde, un cerchio blu, con lo spicchio mancante verso l'alto. Incolla le 'piume' della coda sulla parte posteriore della gonna e, se vuoi completare il costume, indossa una maglia bluette, per un perfetto travestimento da pavone!

DIARIO
a dieci zampe!

Un veneziano ILLUSTRE

Marco Polo

Nato a Venezia nel 1254 da una famiglia di mercanti, Marco Polo divenne il più famoso viaggiatore di tutti i tempi.
A **17 ANNI** partì con il padre e il fratello per l'Oriente e ritornò dopo ben 24 anni!

Percorse la **VIA DELLA SETA,** cioè la rotta che seguivano i commercianti di seta, fino in Cina, dove venne accolto con tutti gli onori dall'Imperatore Kublai Khan.
Per i 17 anni successivi viaggiò in **TUTTO L'ORIENTE** come ambasciatore dell'Imperatore, imparando cinque lingue locali.

Tornato a Venezia, Marco Polo raccontò allo scrittore Rustichello da Pisa i suoi viaggi e le scoperte meravigliose fatte in Cina, che furono trascritte nel famoso libro **IL MILIONE.**

L'arte del MERLETTO

BURANO è un'isoletta vicina a Murano, famosa per le sue coloratissime abitazioni e per il 'buranello', un MERLETTO creato a mano con la tecnica del tombolo, ovvero un cuscino di forma cilindrica usato come base d'appoggio per realizzare il pizzo.

Ricami marini

Una delle più antiche leggende di Burano racconta la storia di un pescatore che ascoltò il canto delle sirene durante un viaggio in mare.
L'uomo riuscì a resistere all'incantesimo pensando alla sua amata, che stava per sposare, e venne premiato per la sua fedeltà.
La regina delle sirene colpì con la coda il fianco della sua nave e dalla schiuma prese forma un VELO NUZIALE per la giovane sposa.
Il giorno delle nozze, la ragazza fu ammirata da tutte le fanciulle dell'isola, che cominciarono a usare ago e filo sempre più sottili, sperando di creare un merletto simile al suo!

L'arte del VETRO

Formata da cinque isole poco a nord di Venezia, MURANO è celebre per la produzione del VETRO ARTISTICO.
L'industria del vetro si spostò qui alla fine del 1200 per evitare gli incendi provocati in città dalle vetrerie.
A Murano inoltre era possibile proteggere i segreti della produzione, gelosamente tramandati di padre in figlio dai MAESTRI VETRAI, che avevano il divieto di trasferirsi altrove.

Tecniche da maestro

Per realizzare i preziosi manufatti, ancora oggi i maestri vetrai estraggono da una fornace un impasto incandescente di PASTA VITREA con una canna metallica, dentro la quale soffiano per dilatare il vetro e dargli la forma desiderata. Per realizzare i dettagli usano spatole e pinze.

Gondole da MAESTRO!

Costruire una gondola non è semplice!
Serve un 'MAESTRO D'ASCIA' specializzato,
che sappia prima di tutto scegliere il legno giusto
e lasciarlo stagionare il tempo necessario.
Quando il legno è pronto, si costruisce lo
SCHELETRO della gondola, con assi di olmo
collegate da liste di rovere. Si procede poi con le
FIANCATE, grandi assi lunghe anche 11 metri, curvate ad arte per dare alla gondola la forma tipica.

Quando lo SCAFO è pronto, la gondola viene
impermeabilizzata con la pece (ecco perché è
nera!) e dipinta. E infine la si arreda con tappeti e
divanetti, pronti ad accogliere i passeggeri!

A bordo di una CONCHIGLIA

La GONDOLA è l'imbarcazione tipica di Venezia. Il suo nome deriva dalla parola latina 'cuncula', che significa 'conchiglia'.

Lunga 11 metri, la gondola è fabbricata con otto tipi diversi di legno (abete, ciliegio, larice, mogano, noce, olmo, rovere, tiglio).
Le uniche parti in metallo sono il 'FERRO' di prua, una specie di pettine a sei denti che rappresenta i sestieri di Venezia, e il 'RISSO' di poppa, che rappresenta la Giudecca, un gruppo di isole a sud del centro storico.
Il lato sinistro è più largo rispetto a quello destro, infatti la gondola naviga sempre inclinata su un fianco e viene manovrata dal gondoliere con un solo remo.

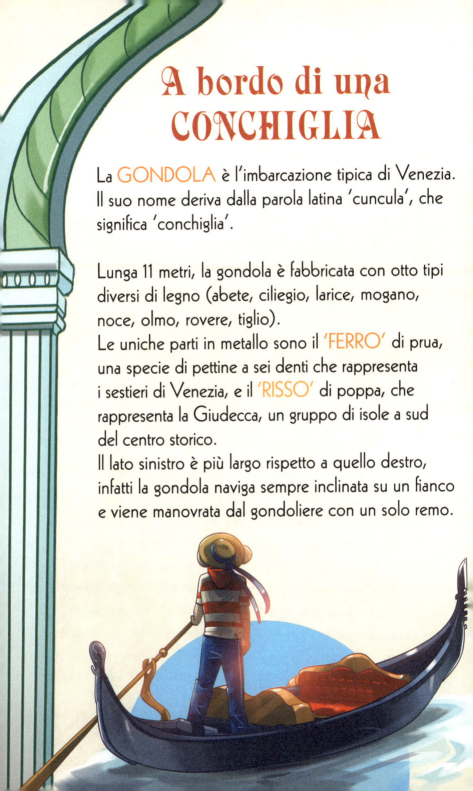

Curiosità e LEGGENDE

Lo sapevi che la parola 'CIAO' deriva dal veneziano? Un tempo infatti, a Venezia, le persone si salutavano dicendo 'sciavo vostro', cioè 'schiavo vostro, ai vostri ordini'.
Nel tempo, il saluto si è abbreviato prima in 'sciao' e poi solo in 'ciao'!

Il bocolo di San Marco

Una leggenda racconta che, all'epoca dell'Imperatore Carlo Magno, una nobile ragazza si innamorò, ricambiata, di un cantastorie.
Per dimostrarsi degno di lei il giovane si arruolò nelle truppe dell'Imperatore ma, poco prima di tornare a Venezia e coronare il suo sogno d'amore, venne ferito.
Per dire addio alla sua amata raccolse un BOCCIOLO (BOCOLO) DI ROSA ROSSA, che le fu recapitato il 25 aprile, San Marco.
Da allora, in questo giorno, è tradizione regalare una rosa rossa a chi si ama.

Un labirinto di STRADE

Se lasci le vie d'acqua per esplorare il cuore di Venezia, scoprirai che le vie e le piazze hanno nomi particolari. Eccone alcuni!

SESTIERI: la città è divisa in sei zone, quindi i quartieri si chiamano... sestieri!
CALLE: è una via, spesso stretta tra due file di edifici. Calletta Varisco, la più piccola, è larga solo 53 centimetri!
SOTOPÒRTEGO: è un portico che collega due strade, passando sotto gli edifici.
FONDAMENTA: è il tratto di strada che costeggia un canale.
CAMPO: è una piazzetta.

Perché le piazze si chiamano 'campi'? Un tempo erano coltivate!

Rintocchi di CAMPANE

In piazza San Marco, accanto alla Basilica, sorge il CAMPANILE DI SAN MARCO, uno dei monumenti più famosi di Venezia.
È alto ben 98,6 metri e sulla sua cima svetta un angelo dorato, che ruota seguendo il vento.
All'interno ci sono 5 CAMPANE, ciascuna con un nome che ricorda la sua antica funzione:

1. la 'MARANGONA' scandiva l'orario di lavoro dei carpentieri;
2. la 'MEZZANA' suonava a mezzogiorno;
3. la 'TROTTERA' invitava i nobili a far trottare i cavalli, per non tardare alle riunioni del Maggior Consiglio;
4. la 'PREGADI' annunciava le riunioni del Senato;
5. la 'MALEFICIO' annunciava la fine di un processo.

Il campanile crollò nel 1902, ma in soli 10 anni fu ricostruito!

Un simbolo RUGGENTE

Passeggiando per Venezia potresti imbatterti spesso nella figura di un leone alato, che regge un libro aperto con le zampe anteriori: si tratta del **LEONE DI SAN MARCO,** uno dei simboli della città!

Il leone trasmette un'idea di **FORZA** e di **POTENZA.** I veneziani amano così tanto questo animale che, si racconta, nel Trecento era possibile vedere **LEONI VERI** passeggiare nei giardini dei palazzi!

> Solo in piazza San Marco puoi contare 13 leoni!

Arrivederci Venezia

quelle del Carnevale, non abbiamo proprio avuto il tempo di annoiarci!

– **LA NOIA NON ABITA A VENEZIA!** – commentò Marco sorridendo. – E io spero tanto che ve lo ricorderete. E che **TORNERETE** a trovarci.

– Sicuramente! – concluse Pam.

Poi, gli amici si tuffarono nella bellissima allegria del Carnevale veneziano per l'**ULTIMA** volta... almeno per quell'anno!

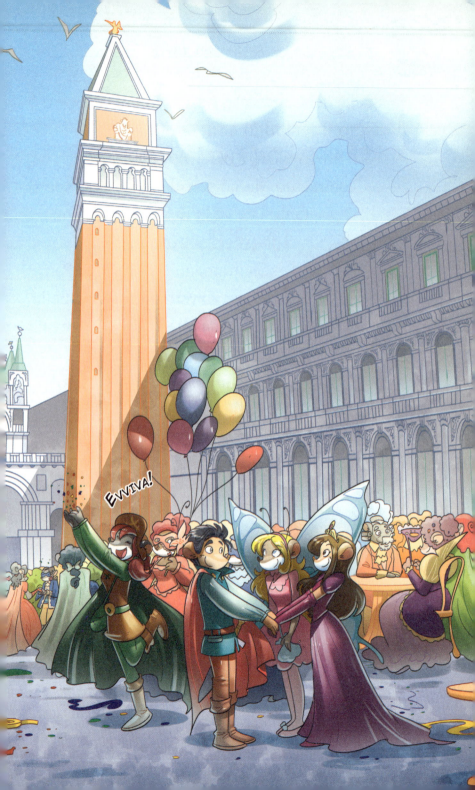

Arrivederci Venezia

Finalmente il mistero del ladro era risolto e per la **REFURTIVA** era stata trovata una soluzione che accontentava tutti.
– È una lezione anche per il mago: c'era un modo giusto di rendere onore alla memoria del suo avo... senza commettere niente di **ILLEGALE!** – commentò Colette, mentre entrava con gli amici in piazza San Marco. Stava iniziando la grande parata del Martedì Grasso, che avrebbe concluso il Carnevale, e per l'**occasione** le Tea Sisters avevano cambiato costumi.
– Sono stata benissimo qui... – sospirò Pam, mescolandosi alla folla. – Tra le meraviglie della città, le **emozioni** dell'indagine e

LA SOLUZIONE PIÙ GIUSTA

Dopo aver confabulato per qualche minuto, i roditori furono tutti **D'ACCORDO**: invece che nei loro armadi, le opere di Berto Del Bon sarebbero state raccolte in un museo dedicato alla sua arte.

– A una **CONDIZIONE**, però – aggiunse infine la roditrice del ventaglio.

– Quale? – chiese l'ispettore.

– Che ciascuno di noi possa indossare i propri costumi a **CARNEVALE!**

L'ispettore scoppiò a ridere:
– Giusto!

LA SOLUZIONE PIÙ GIUSTA

i nostri costumi e maschere in un museo...
DEDICATO A BERTO DEL BON? –
conclusero due dei derubati.
Le ragazze annuirono.
– In effetti, io avrei un LOCALE che non uso
che si potrebbe trasformare in museo... – iniziò l'amica dell'ISPETTORE.
Il roditore di Murano continuò: – È un'idea
bellissima... e io mi offro come curatore!

e devo dire che sono sempre stato dalla parte del povero DEL BON!
– È vero, era un bravo artista e non è stato compreso, ma non possiamo fare niente a questo punto – disse la roditrice del ventaglio. – Giusto?
Le Tea Sisters si scambiarono tra loro un'OCCHIATA: a tutte stava balenando in testa la stessa idea.
Fu così che Colette si schiarì la gola e disse: – Qui a Venezia abbiamo apprezzato molte cose: l'ospitalità, la bellezza della città, la vivacità del CARNEVALE... ma anche i numerosi musei!
– Proprio così! – intervenne Paulina. – E quale luogo migliore, per conservare una collezione, di un museo aperto al pubblico, in cui tutti possano ammirare le bellissime opere di un grande maestro veneziano?
– Ci state suggerendo di RACCOGLIERE

La soluzione più giusta

possesso delle loro maschere, eccetto il roditore di **Murano**.
– C'è qualcosa che non va? – gli chiese gentilmente Colette, che si era accorta del suo **TURBAMENTO**.
– Ecco... stavo pensando che il ladro non aveva tutti i torti.
– **CHE COSAAA!?** – strillò la roditrice a cui era stato rubato il ventaglio. – Come può dirlo?!
– In fondo, questa città non ha mai fatto onore al grande **BERTO DEL BON**. Era un artista molto abile e dall'animo nobile...
– È vero – intervenne il proprietario del **COSTUME** dorato. – Anch'io conoscevo la leggenda della maschera da tacchino

La soluzione più giusta

Costume e maschere furono portati alla centrale di polizia, dove l'ispettore convocò tutti coloro a cui era stato rubato qualcosa. Riuscì a RINTRACCIARE persino la donna del ventaglio, grazie ai dettagli che i ragazzi ricordavano.

Gli amici spiegarono alle vittime dei furti chi era il ladro e come mai aveva preso di mira proprio i LORO costumi.

– ... E ora tutto può tornare a voi legittimi proprietari – dichiarò infine l'ispettore.

– FINALMENTE! – esultò la roditrice a cui era stato rubato il copricapo da inverno. Tutti sembravano soddisfatti di tornare in

Ragioniamo!

– *Per mille bielle sbiellate!* – esclamò Pam. – Qui dentro ci sono le **maschere** e il costume rubato!

Poco alla volta, gli amici depositarono sul pavimento della stanza tutti gli oggetti che il ladro aveva sottratto ai legittimi proprietari.

Violet sorrise:

– Questa volta i trucchi sono finiti davvero!

Ragioniamo!

Elisa scosse la testa: – Lo specchio è inclinato e DIVIDE la cassa a metà, correndo lungo tutta la diagonale. In questo modo, riflette le pareti buie e la cassa sembra vuota del tutto... Ma è VUOTA solo per metà! Guardate!
Elisa mostrò a Marco e alle Tea Sisters lo specchio e i ragazzi si accorsero che aveva un'apertura INVISIBILE. La aprirono e scoprirono che quello era... il nascondiglio della refurtiva!

RAGIONIAMO!

– Non ti preoccupare, starò molto attenta! E poi NON SONO SOLA!
Marco vide che tutte le amiche erano convinte, e acconsentì.
Elisa mise un piede all'interno della cassa e dopo qualche istante si lasciò sfuggire un GRIDO, a voce molto alta.
Marco scattò istintivamente verso di lei, ma Pam lo bloccò: l'urlo si era subito trasformato in una... GRAN RISATA!
– Che cosa hai trovato? – chiesero le amiche pochi secondi dopo a Elisa.
– Non ci crederete mai! Dentro la cassa c'è... UNO SPECCHIO!
– Uno specchio?! – disse Nicky, incredula.
– Proprio così! Ho visto una sagoma nella penombra e mi sono SPAVENTATA... ma si trattava solo del mio riflesso!
– Non ci capisco niente! – esclamò Pam.
– Perché lì dentro c'è UNO SPECCHIO?

Ragioniamo!

– Proviamo a sollevarla? – propose Pam, ma la cassa era troppo **PESANTE** e **VOLUMINOSA**.
– Forse c'è un doppio fondo? – provò a ipotizzare Colette.
Ma il fondo sembrava normale.
– Voglio provare a dare un'**OCCHIATA** dall'interno – propose infine Elisa.
– **NON SE NE PARLA NEMMENO!** – protestò suo fratello. – Potresti farti male. Non sappiamo quali altre buffonate possa essersi inventato il **LADRO!**

Ragioniamo!

– È vero! – ribatté Marco. – Il ladro non ha fatto altro che **PRENDERE IN GIRO** tutti!

– Invece secondo me ha ragione Cocò – intervenne Violet. – Finora le 'MAGIE' del ladro non erano altro che delle trovate ben architettate, giusto?

Gli altri annuirono. – Quindi, anche la cassa vuota **DEVE ESSERLO!**

– Ma non è possibile! – ribatté Marco. – Avete visto anche voi che dentro non c'è **NIENTE!**

I TRUCCHI USATI DAL MAGO

1. Proiettore per SIMULARE oggetti preziosi
2. Corvo addomesticato per DISTRARRE le vittime dei furti
3. Cappello a cilindro che ATTIVA una nube di vapore
4. Corvi FINTI azionati dalla chiave della cassa

Ragioniamo!

Le Tea Sisters, Elisa e Marco non riuscirono a **TRATTENERE** un sospiro.
Possibile che il prestigiatore li avesse presi in giro ancora una volta?
– **NON CI POSSO CREDERE!** – sbottò Elisa. – Dopo tutta questa **FATICA**... non abbiamo trovato un bel niente!
– *Calmacalminacalmettacalmettina!* Cerchiamo di ragionare! – la esortò Colette.
Paulina, però, era dubbiosa: – Non c'è molto su cui ragionare, Cocò! Questa cassa non è che l'ultimo dei **TRUCCHETTI** del nostro mago!

L'ULTIMO TRUCCO

girando la chiave nella serratura. Per evitare qualche altro scherzo, prova a girarla in senso ANTIORARIO!
Marco annuì e fece come aveva detto Paulina. Questa volta la cassa si aprì e non ci fu nessuna sorpresa... a parte una: era completamente vuota!

L'ULTIMO TRUCCO

Quel gesto, però, andò a vuoto: sembrava che i corvi fossero FATTI D'ARIA!
– Un momento! – esclamò Nicky, riacquistando la calma. – È un altro trucco!
Pam accese la luce nella stanza e tutti si accorsero che l'oscurità era scesa per via di una TENDA NERA che si era azionata in automatico, coprendo la finestra. L'invasione di corvi, invece, non era che una suggestione creata ad arte grazie a delle CORDE cui erano appesi ampi pezzi di tessuto nero, calate dall'alto con un comando meccanico.
– Ci siamo SPAVENTATI per nulla... – osservò Colette, lisciandosi la messa in piega che si era scompigliata.
– Già... – le fece eco Nicky – ma non capisco come mai i finti corvi ci siano crollati addosso all'IMPROVVISO!
Paulina puntualizzò: – Non penso sia accaduto all'improvviso: deve averli attivati Marco

L'ULTIMO TRUCCO

– **E QUELLA CHE COS'È?** – chiese Elisa.
Al centro della stanza c'era una grande
CASSA, con la chiave già inserita
nella serratura.

– Forse è lo scrigno in cui **CUSTODISCE** la
refurtiva! – esclamò Colette. – Forza, proviamo ad aprirlo!

Gli amici si avvicinarono, **emozionati**, e
Marco girò la chiave.

In quell'istante la stanza si **OSCURÒ**.
Nell'aria si diffuse il gracchiare assordante di
una **MOLTITUDINE** di corvi e i ragazzi dovettero ripararsi con le braccia per non
essere attaccati.

– **AAAH!** – gridarono in coro le Tea Sisters,
coprendosi il viso e i capelli.

– **AIUTO!** – strillò Elisa, rannicchiandosi
dietro al fratello, che cercò di allontanare il
nugolo di uccelli che era piombato su di loro
agitando un braccio.

L'ultimo trucco

Una volta entrati, i ragazzi si trovarono in una GRANDE stanza piuttosto spoglia, eccetto che per poche mensole ingombre di cappelli a CILINDRO e volumi dedicati all'allevamento dei corvi.
– Siamo arrivati nel COVO del mago! – commentò Paulina.
Marco si avvicinò a quella che sembrava una macchina FOTOGRAFICA e premette un pulsante. Dall'apparecchio uscì un RAGGIO di luce che proiettò sul pavimento l'immagine di una spilla con pietre preziose.
– Ecco come riusciva a creare oggetti che sparivano improvvisamente! – disse Paulina.

Il Ponte dei Sospiri

Poi prese la [C][A][R][T][A] che li aveva condotti fino a lì e la inserì nella fessura. Con un CLICK la porta si sbloccò.
– Ci siamo riusciti, amici! – esultò Pam.

– NON VEDO L'ORA DI SCOPRIRE CHE COSA SI NASCONDE QUI DENTRO!

del MAGO... – sospirò Violet sconfortata.
– Sì, probabilmente non c'è niente da scoprire qui. Sarà meglio che TORNIAMO a casa – disse Elisa.
Ma proprio in quel momento Nicky esclamò:
– FORSE HO TROVATO QUALCOSA!
Sul vetro della finestra di un palazzo poco distante era disegnato un piccolo corvo nero, con un CILINDRO in testa.
– Grande, sorella! Hai trovato l'indizio nascosto! – esclamò Pam. – Forza, andiamo a vedere che cosa si nasconde lì dietro!
Dopo una breve ESPLORAZIONE, i ragazzi si accorsero che la finestra si affacciava su una piccola rimessa.
La porta di INGRESSO, però, era chiusa ermeticamente.
– Che strano... Manca la serratura! – osservò Violet. – C'è solo questa strana fessura...
– Mi è venuta un'idea! – esclamò Nicky.

Il Ponte dei Sospiri

LONTANO: non si può attraversare, se non visitando i palazzi che collega.
– Però possiamo **AVVICINARCI!** – propose Marco. – Ci sono due ponti più grandi da cui è ben visibile. Possiamo andare lì!
Il gruppo si rimise *IN MARCIA*.
Il Ponte dei Sospiri non era molto lontano da piazza San Marco, e qualche minuto più tardi i ragazzi erano giunti a destinazione.
– **ECCOLO LÀ!** – esclamò Elisa, indicando un piccolo ed elegante ponte coperto, poco lontano da quello su cui erano loro.
– È bellissimo, ma... non capisco che cosa c'entri con il nostro **LADRO** – fece Colette.
– Proviamo a guardarlo dall'altro lato... Venite! – propose Marco.
Il ponte era **VISIBILE** anche da un altro punto, ma anche da quella prospettiva i ragazzi non notarono niente di insolito.
– Forse si tratta dell'ennesima presa in giro

Il Ponte dei Sospiri

Sorpresi da quell'indizio **INASPETTATO**, i ragazzi rimasero in silenzio per un lungo istante.

– *Ma che cosa significa?* – chiese Paulina.

Elisa rispose: – Non capisco...

– Forse il **PONTE DEI SOSPIRI** è in qualche modo legato ai furti – mormorò Marco pensieroso.

– Sì, hai ragione. Dev'essere una **TRACCIA** – disse Colette.

– Possiamo raggiungerlo e controllare?

Elisa scosse la testa: – Purtroppo no. Dovremo accontentarci di guardarlo da

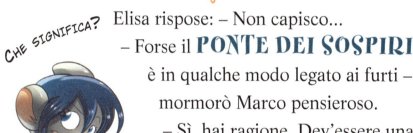

La magia è finita!

Pam la raccolse e la esaminò: – Per mille pistoni ingrippati! Non è la SOLITA carta con il cilindro!
Gli amici si radunarono intorno all'indizio.
– È l'IMMAGINE di un ponte, con una figura femminile... – disse Nicky.
Pam osservò: – È una ragazza che sbuffa... anzi, no, sbadiglia... oppure...
– SOSPIRA! – concluse Colette.
– Ho capito – sorrise Elisa.
– La carta indica il PONTE DEI SOSPIRI!

– **GUARDATE!** – esclamò Elisa, indicando un punto sopra le loro teste. Il corvo, ormai solo, *volteggiava* in cerchio con aria smarrita.

Nicky si avvicinò **LENTAMENTE** e lo richiamò come aveva imparato a un corso dei Sorci Blu, l'associazione AMBIENTALISTA di cui faceva parte.

Dopo un po', il volatile si **AVVICINÒ**.

– Sbaglio o ha QUALCOSA tra le zampe? – osservò Pam.

– Sembra… una CARTA! – esclamò Marco.

A quelle parole, il corvo aprì gli ARTIGLI e lasciò cadere la carta.

La magia è finita!

Il roditore abbassò il capo, ormai senza il **CILINDRO**. Il corvo svolazzava in cerchio sopra le loro teste.

– Dobbiamo contattare la Lega in difesa dei volatili – disse Nicky. – Un **CORVO** addomesticato non può essere abbandonato!

– Certo, manderò qualcuno a **PRENDERLO** tra poco – dichiarò l'ispettore, mentre sopraggiungeva un gruppo di suoi colleghi.

– Grazie, *ragazzi*, per il vostro aiuto – disse l'ispettore prima di andarsene. – Sono stato troppo severo con voi. Avete tutti la stoffa del **DETECTIVE!**

A quelle parole, Marco arrossì, fiero, e Pam gli lanciò un'occhiata d'intesa.

Il mago rivolse ai ragazzi un ultimo sorriso **BEFFARDO**. Poi si voltò e si avviò verso il comando di polizia, scortato dagli agenti.

– Che tipo irritante! – commentò Colette scuotendo la sua chioma bionda.

La magia è finita!

– Ho seguito la vostra **INTUIZIONE**.
– Che cosa vuoi dire?
– Ero seduto in un angolo della piazza a far riposare la caviglia, quando ho visto un **CORVO** che volava intorno al campanile. Ho subito pensato a quello che mi avevate raccontato: la **COINCIDENZA** era troppo strana!
– Così, ti sei fidato del nostro indizio... – disse Elisa. L'**ISPETTORE** annuì:
– Ho capito che il ladro non doveva essere lontano. Così mi sono **AFFRETTATO**... e sono arrivato appena in tempo, a quanto pare! – concluse, ammanettando il **MAGO**.
– Questa volta la magia è finita! – commentarono le Tea Sisters.

Non finisce qui!

La magia è finita!

– **NON È POSSIBILE!** – urlò Pam.
– Ci è sfuggito di nuovo!
Gli amici si **PRECIPITARONO** giù dalle scale con il cuore in gola, uno scalino dopo l'altro, fino alla base del campanile, ma lì furono costretti a fermarsi.
All'uscita, una **SAGOMA** che riconobbero subito aveva bloccato la fuga del ladro.
– Papà! – esclamarono Marco ed Elisa contemporaneamente. – **SEI QUI!**
L'ispettore, per la prima volta quel giorno, rivolse ai figli un grande sorriso.
– **MA... MA COME HAI FATTO?** – chiese Marco, stupefatto.

- **COFF COFF...** – tossirono i ragazzi, cercando di allontanare con le mani la nuvola che era calata su di loro. Ma bastò quell'istante perché il mago **SPARISSE** nel nulla, mentre il gracchiare del suo corvo si faceva sempre più lontano.

LADRO... O COLLEZIONISTA?

tutti gli voltarono le spalle... Questa città non l'ha mai VALORIZZATO come avrebbe dovuto!
– E tu pensi di valorizzare le sue creazioni ammucchiandole in casa tua?! – chiese Paulina INCREDULA.
– Non è un mucchio, ma una collezione di altissimo livello. Ormai manca solo una **maschera**...
Violet disse: – Scommetto che si tratta di quella custodita al *Museo del Vetro* di Murano.
– Hai indovinato... ma è troppo tardi!
Così dicendo, con un gesto fulmineo, lanciò in aria il suo CILINDRO... da cui uscì un denso vapore azzurro.

ORMAI È MIA!

Ladro... o collezionista?

e disprezzo e **NON MERITANO** di godere delle sue creazioni!
– Vuoi dire che stai **RUBANDO** le opere del tuo avo una a una per... vendicarlo? – chiese stupita Violet.
Il mago annuì: – Proprio così! Da quando offese il più ricco e arrogante mercante della città con la maschera da **TACCHINO**,

PORTALA VIA!

LADRO... O COLLEZIONISTA?

Il mago scosse la testa: – Non sapete come stanno **VERAMENTE** le cose.
Mentre il corvo si appollaiavai sulla sua spalla, il ragazzo iniziò a *raccontare*.
– Dovete sapere che io non sono un volgare ladruncolo. Tutti i miei colpi seguono una logica **BEN PRECISA**...
– Certo! – lo interruppe Violet. – Rubi solo le maschere realizzate da BERTO DEL BON!
Il mago si stupì: – Ve ne siete accorti...
– Sì, ma questo non cambia il fatto che sei **COLPEVOLE!** – incalzò Elisa.
Il mago ribatté: – È forse una colpa inseguire il sogno di un proprio antenato?
– **Antenato?!** – fece eco Nicky. – Vuoi forse dire che...
Il mago annuì: – Sono un lontano nipote del grandissimo Berto Del Bon, artista incompreso che non ebbe ☘FORTUNA☘ a suo tempo. I veneziani lo trattarono con superbia

Ladro... o collezionista?

La ragazza GRIDÒ, spaventata, e lasciò andare la maschera, che SCIVOLÒ verso terra. Un attimo prima dell'impatto, Nicky la prese al volo. – Salva! – esclamò.

– Giù le mani! Quella **maschera** è mia, mi appartiene! – sbottò di nuovo il mago.

– Come sarebbe a dire? È della ragazza che hai DERUBATO – lo corresse Pam.

Ladro... o collezionista?

Colette si accorse che per terra, **POSATA** accanto al deltaplano, c'era una sacca scura. La ragazza si avvicinò e sbirciò all'interno.
– Ehi, **GUARDATE!** – disse, estraendo dalla sacca la maschera da drago che era appena stata **RUBATA**.
– Ferma, non toccarla! – sussultò il mago. Appena sentì quelle parole, il corvo si **LANCIÒ** verso Colette, per farla allontanare.

In quel momento **ARRIVARONO** sulla terrazza anche Elisa e le altre Tea Sisters che, capita al volo la situazione, aiutarono gli amici a mettere **FUORI USO** il deltaplano e a bloccare il ladro.

– Ora i tuoi trucchi di magia non ti aiuteranno! – esclamò Marco, con un sorriso soddisfatto, mentre il mago, ormai rassegnato, fece un **LUNGO SOSPIRO**.

– Ce l'abbiamo fatta! – esclamarono in coro le Tea Sisters!

Una salita interminabile

Nicky non se lo fece ripetere due volte: con uno scatto RAGGIUNSE il deltaplano e ruppe una delle stecche che tendevano le ali.

– NOOOOOOO! – gridò il mago, vedendo sfumare nel nulla il suo piano di fuga.

Una salita interminabile

A quel punto, con un gesto teatrale, scoprì un marchingegno posto a terra.

Nicky sussultò: – Oh, no! Ha un deltaplano! **VUOLE FUGGIRE CON QUELLO!**

Marco fu velocissimo: si mise una mano in tasca e la tirò fuori piena di coriandoli, che lanciò dritto negli **OCCHI** del mago, esclamando: – Credevi di essere l'unico a conoscere qualche **TRUCCHETTO**?

Poi gridò all'amica: – Io lo distraggo! Tu cerca di sabotare il deltaplano!

Una salita interminabile

Il mago sta raggiungendo la cima, vedo il suo mantello!

Pam provò ad accelerare, ma si fermò dopo pochi gradini: – Andate avanti... PUFF PUFF... voi!

Nicky e Marco si scambiarono uno sguardo di intesa e insieme SCATTARONO verso il roditore. Con le ultime energie rimaste, riuscirono ad arrivare in cima alla torre.

Il MAGO era salito su un piedistallo, e aveva già squarciato la rete di protezione che chiudeva le grandi finestre che si affacciavano sulla piazza. Fuori si vedeva volare il suo fidato CORVO.

– Fermati! – gli gridò Nicky. – Ti abbiamo scoperto e ormai non hai via di scampo!

Il roditore si voltò verso i ragazzi, con il mantello che SVOLAZZAVA al vento, e scoppiò in una lunga risata.

– Ha ha ha! È quello che credete voi!

Fu Marco a trovare la **RISPOSTA**, aprendo una porticina laterale: – Ecco da dove è passato! Qui ci sono le **SCALE**!
Senza perdere un istante, le Tea Sisters e i loro amici iniziarono la **SALITA**.
Giunti a metà, però, solo Nicky e Marco riuscivano a tenere il passo, mentre le altre erano rimaste indietro e **ANSIMAVANO** per la fatica.
– Forza ragazze! – le incitò Nicky, che aveva visto **volteggiare** per un attimo qualcosa di scuro, parecchi scalini davanti a lei. – Ci siamo quasi!

Una salita interminabile

– Sta **SALENDO** sul campanile! – esclamò Marco.
– FORZA, ANDIAMO! – li incitò Nicky, slanciandosi verso la torre. – Non possiamo farcelo sfuggire!
Quando varcarono la soglia, i ragazzi rimasero **INTERDETTI** per un attimo: l'ascensore che di solito serviva a trasportare i turisti fino in cima al campanile era fermo al piano terra ed era **FUORI SERVIZIO**.
– Dev'essere stato lui a sabotarlo – disse Colette. – Per impedirci di seguirlo!
Violet scosse la testa: – Ma se l'ascensore è qui, il nostro **MAGO** non può averlo usato...

UN MAGO, DUE MAGHI... TROPPI MAGHI!

Violet lo bloccò: – Al nostro mago piacciono i giochi di prestigio, le false piste, gli inganni... Sono sicura che è una trappola per DEPISTARE tutti.

– Penso che tu abbia ragione, Vivì – aggiunse Nicky. – GUARDATE LASSÙ!

Intorno al campanile di San Marco svolazzava una MACCHIA nera. Aguzzando la vista, gli amici distinsero chiaramente un corvo, che risaliva IN VOLO verso la cima della torre.

Il mago, però, sembrava ormai **SPARITO**.

– Guardate, laggiù! – urlò un poliziotto, notando uno **SVOLAZZO** scuro in una calle. Tutti si lanciarono in quella direzione e Marco fece per mettersi a correre, ma

Un mago, due maghi... troppi maghi!

Quando riuscirono a riaprire gli OCCHI, le Tea Sisters videro una pioggia di CORIANDOLI che cadeva da chissà dove, mentre una figura scura con un ampio mantello sembrò materializzarsi in un angolo della piazza.

– PRESTO, DI LÀ! – urlò l'ispettore, correndo giù dal palco. Un istante dopo, però, il mago fu visibile al lato opposto della piazza e l'ispettore si voltò di scatto e si lanciò al suo INSEGUIMENTO con così tanta foga che cadde e si fece male a una caviglia.

– Papà! – gridò Elisa, correndogli incontro.

– È solo una storta, non PREOCCUPARTI – disse l'ispettore alzandosi. Ma il DOLORE non gli permetteva di proseguire.

– Forza, andate voi! – gridò ai colleghi.

Un mago, due maghi... troppi maghi!

Alcuni roditori cercavano di consolarla.
– Il ladro deve averle RUBATO la maschera da drago! – disse.
I ragazzi cercarono di attirare l'attenzione dell'ISPETTORE, che quando li vide confabulò con un suo collega. Poco dopo, il poliziotto scese dal palco e si avvicinò.
– VISTO? – disse Marco. – Ora potremo dare una mano a papà e ai suoi colleghi.
Ma si sbagliava: il roditore in divisa disse ai ragazzi che dovevano allontanarsi e non correre PERICOLI inutili. – Ordini dell'ispettore – concluse.
Delusi, gli amici fecero per andarsene, ma in quel momento una LUCE fortissima abbagliò i presenti e dagli altoparlanti del Gran Teatro fuoriuscì una voce distorta:

– LA MIA MISSIONE È COMPIUTA ORMAI, E GIAMMAI MI PRENDERAI!

Un mago, due maghi... troppi maghi!

VIAVAI confuso. Tutti i roditori che avevano sfilato prima del *Volo dell'Aquila* erano sul palco, in preda all'agitazione, e tra di loro spiccava l'ispettore di polizia, circondato da alcuni poliziotti.

– C'è anche papà... Il **FURTO** dev'essere già avvenuto! – osservò Marco.

Fu Paulina ad accorgersi che la ragazza vestita da drago era in LACRIME e soprattutto non aveva più la sua splendida **maschera!**

LA RITROVERANNO!

Un mago, due maghi... troppi maghi!

Ritornando verso piazza San Marco, gli amici erano SCONFORTATI.
– Papà aveva ragione... Non avremmo mai dovuto lasciarci coinvolgere! – osservò Elisa, con un gran SOSPIRO. – Abbiamo combinato solo un gran pasticcio!
– Ma il sospettato aveva tutti i requisiti! Era vestito da mago e la sua CORSA poteva essere scambiata per la fuga del colpevole! – si giustificò Marco.
– Comunque sia – concluse Violet, – per seguire questa pista ci siamo allontanati dal vero luogo del furto. GUARDATE!
Il palco del Gran Teatro era in preda a un

Un bel granchio

– Direi che abbiamo preso un granchio – concluse DELUSO Marco. – Ci siamo sbagliati!
– Già... – confermò il ragazzo. – E adesso, se permettete, vorrei almeno RAGGIUNGERE la stazione. So già di aver perso la scommessa... ma chi arriva ultimo sarà al servizio degli altri due fino al CARNEVALE successivo!
– Quindi a causa nostra... – iniziò Nicky.
– Io ho perso la scommessa – finì il ragazzo.

– E VOI AVETE PERSO IL VOSTRO LADRO!

Un bel granchio

bagnato e scosse le ultime GOCCE d'acqua dal costume.
– Quindi, non hai rubato tu le maschere di BERTO DEL BON... – disse Elisa.
– Berto Del Bon? E chi sarebbe?
– E non hai un CORVO addomesticato... – aggiunse Colette.
– Non sapevo nemmeno che i corvi si potessero addomesticare!

– Quella che avete scambiato per una fuga, in realtà era... una **SCOMMESSA!**
– Come sarebbe a dire?!
– Durante il periodo di Carnevale, faccio sempre una scommessa con due cari amici. Uno è il tassista del **MOTOSCAFO**, ve lo ricordate?
Le Tea Sisters annuirono.
– Ci conosciamo fin da bambini e ci piace combinare **SCHERZI** e lanciarci piccole sfide. Ogni anno, appena finito il Volo dell'Aquila, dobbiamo partire da punti diversi di piazza San Marco, raggiungere un molo e risalire i **CANALI** in gondola fino alla stazione di Santa Lucia... vince **CHI ARRIVA PRIMO!**
– Ma che idea bizzarra! – commentò Violet, perplessa.
– Noi lo troviamo divertente! – fece il ragazzo, alzandosi in piedi. Si tolse il mantello

UN BEL GRANCHIO

Casomai, siete voi che dovete dirmi perché mi stavate **SEGUENDO!** Mi avete addirittura fatto finire in laguna, che non è certo un'esperienza piacevole, soprattutto in questa stagione!
– *Scusa*... – replicò Nicky. – Ammetto di essere stata un po' impetuosa... E forse siamo tutti saltati alla conclusione SBAGLIATA...
– Niente da fare, sorella, non mi convince! – irruppe Pam. – È il ladro, altrimenti perché sarebbe SCAPPATO?
– Scappare? E chi ha detto che stavo scappando? – ribatté lui.
– Beh, quando ti sei accorto di noi, hai cominciato a *CORRERE*...
Il ragazzo restò per un attimo in silenzio, prima di scoppiare in una fragorosa risata.
– CHE COSA C'È DI DIVERTENTE? – chiese Marco, un po' seccato per quella strana situazione.

Un bel granchio

Il ragazzo **SOLLEVÒ** lo sguardo e disse: – È vero, adesso mi ricordo di voi... siete le turiste che non staccavano gli **OCCHI** dalla guida digitale!

Marco si spazientì: – Il fatto che vi siate già **CONOSCIUTI** non conta, ci devi comunque molte spiegazioni.

– Io non ho proprio niente da spiegare.

Un tuffo imprevisto

A quel punto, le Tea Sisters si resero conto che non era la **PRIMA** volta che lo vedevano.
– Ma... io ti conosco! Tu sei il ragazzo che ci ha fatto da guida appena siamo arrivate a Venezia, a bordo del motoscafo! – esclamò Colette, sbalordita.
Le altre ragazze spalancarono gli occhi incredule: – È vero! Possibile che...

...SIA PROPRIO LUI IL LADRO?

Avevano recuperato una spessa coperta, in cui avvolsero il MAGO, e un thermos pieno di tè bollente.
– Grazie... – disse lui con un filo di voce.
Dopo che si fu ripreso, il mago si tolse la maschera che portava sul viso. SEMBRAVA un ragazzo come loro, confuso e frastornato dal tuffo fuori programma.

– Che confessi i furti! – incalzò Paulina.
– Furti? Quali furti... ETCIUM!
In quel momento, Elisa e Colette fecero ritorno da un ostello poco lontano, dove avevano chiesto aiuto.

Un tuffo imprevisto

– Vuole scappare per mare! – gridò Marco.
Nicky non se lo fece ripetere due volte: fece uno **SCATTO** da atleta per acciuffarlo, ma il mago, colto di sorpresa, inciampò e... cadde nella LAGUNA!
– Attentoooo! – gridarono le Tea Sisters.
Per fortuna il ragazzo riemerse subito, fradicio e con l'aria STUPEFATTA.
Nicky lo aiutò a uscire in fretta dall'acqua gelida. Colette ed Elisa, intanto, erano corse a procurarsi qualcosa per RISCALDARLO.
Mentre le altre controllavano che il ragazzo stesse bene, Pam gli disse: – Finalmente ti abbiamo ACCIUFFATO!
Il mago spalancò gli occhi: – Ma di che cosa stai parlando?
– È inutile che tu faccia FINTA DI NIENTE! – tagliò corto Marco. – Sappiamo chi sei!
– Chi sono?! Ma io non vi ho mai visti prima! CHE COSA VOLETE DA ME?

UN TUFFO IMPREVISTO

Allungò un braccio per fermarlo, ma il roditore sgusciò via, lasciandole solo un brandello di **MANTELLO** tra le dita!
– Di là! – esclamò Elisa, indicando la direzione presa dal mago.
I ragazzi ricominciarono a **CORRERE** per stargli dietro.
Il roditore si muoveva rapido e sicuro lungo la via che costeggiava il mare.

PRESO!

Mentre correvano, Marco gridò: – Se andiamo avanti così finiremo a Sant'Elena*!
Proprio in quel momento, il mago virò a **DESTRA** e raggiunse un molo dov'erano ORMEGGIATE alcune gondole.

* Sant'Elena è una delle isole che formano Venezia. Si trova all'estremo est della città.

123

Un tuffo imprevisto

Il MAGO era ormai a pochi passi dai ragazzi, ma proprio quando stavano per raggiungerlo... cominciò a CORRERE!
Dopo un attimo di sorpresa, Marco si lanciò dietro di lui, SEGUITO da Elisa e dalle Tea Sisters.
– Ma perché... PUFF corre... PANT così? – chiese Pam tra una falcata e l'altra.
– Deve essersi accorto che lo stiamo seguendo! – ansimò Colette.
Il mago era davvero VELOCE, mentre i ragazzi erano rallentati dalla folla.
Nicky però, poco lontano da piazza San Marco, riuscì a RAGGIUNGERLO.

Allerta massima!

– È lui! – esclamò Colette. – Ne sono certa!
E con un cenno di intesa, le Tea Sisters, Elisa e Marco si **ALZARONO** dai loro posti e andarono verso il portico, decisi a...

FERMARE IL MISTERIOSO MAGO!

Allerta massima!

Poi l'aquila iniziò a **SCIVOLARE** lungo il cavo teso sopra la piazza, sorvolando il pubblico. In quel momento Pam **NOTÒ** con la coda dell'occhio qualcosa che catturò la sua attenzione e si voltò verso un lato della piazza.

– **EHI, RAGAZZI!** – esclamò con un sussulto. – Guardate **LAGGIÙ!**
In un angolo, da dietro una colonna, spuntava una figura che indossava un costume da **MAGO**.
Invece di guardare verso il Volo dell'Aquila, come tutti, la figura scrutava il lato del palco dove si erano accalcate le **maschere** che avevano appena sfilato e quelle ancora in attesa di sfilare.

ALLERTA MASSIMA!

accompagnata da alcuni ragazzi vestiti da **FIAMMELLE** di fuoco. Poi fu il turno di DAME e CAVALIERI, di re e regine e di tante altre **maschere** spettacolari.

Finita la prima sfilata, sul palco si alternarono giocolieri e gruppi di ballo, fino al momento **più atteso** da tutti: il Volo dell'Aquila. Sulla piazza calò un silenzio irreale e quando dal campanile si intravide la **SAGOMA** di un ragazzo ricoperto da piume azzurre e blu, un'esclamazione di stupore si levò dalla folla.

ALLERTA MASSIMA!

e alla finale del concorso per la MASCHERA PIÙ BELLA...

Elisa annuì: – Esatto! Abbiamo dei posti nel *parterre*, cioè nella zona davanti al palco, così potremo vedere da VICINO le maschere. Anzi... – aggiunse la ragazza guardando l'orologio, – dobbiamo affrettarci: la prima sfilata inizia alle 11, subito dopo ci sarà il Volo dell'Aquila e poi un'altra sfilata alle 15...

– CHE COSA ASPETTIAMO, SORELLE? – esclamò Pam – Andiamo!

Una volta raggiunta la piazza, i ragazzi si sistemarono sulle sedie davanti al palco appena in tempo per assistere alla sfilata più SPETTACOLARE che potessero immaginare: persone da tutto il mondo sfilavano con costumi tradizionali, fiabeschi, sfarzosi o anche semplicemente... buffi!

Una ragazza mascherata da papero lasciò il posto a una giovane in costume da drago,

ALLERTA MASSIMA!

Elisa e Marco, invece, si svegliarono con tutta calma e si ritrovarono in cucina con le amiche per un'abbondante colazione.
Attorno al tavolo però regnava il silenzio: tutti stavano pensando al gran colpo annunciato dal ladro MISTERIOSO, finché Elisa sbuffò e disse: – Uff, certo che questa storia ci sta rovinando le vacanze!
Marco annuì e scoppiò in un'ALLEGRA risata: – È vero sorellina, guarda che musi lunghi che abbiamo! Proprio oggi che avevamo ORGANIZZATO una sorpresa...
Violet soffocò uno sbadiglio e chiese:
– **Che sorpresa?**
– Beh – continuò Marco, – abbiamo i biglietti per ASSISTERE dal Gran Teatro al Volo dell'Aquila

C'è una sorpresa!

Allerta massima!

Nei due giorni successivi i ragazzi si dedicarono ancora alla visita della città e al **CARNEVALE**, ma il pensiero di tutti, più che alle bellezze di Venezia, era rivolto ai misteriosi furti di **maschere** antiche.
Eppure, per quanto facessero attenzione, le Tea Sisters e i loro amici non avevano notato nessuno vestito da **MAGO**.
Così, il terzo giorno, arrivò il momento tanto atteso del *Volo dell'Aquila*. L'allerta in tutta la città era massima e anche il padre di Marco ed Elisa era uscito di casa all'**ALBA** per controllare ogni angolo e verificare che le squadre di sorveglianza fossero al loro posto.

iDENTiKiT

Probabilmente anche il nostro ladro misterioso ha un **GUANTO** del genere, o potrebbe avere un rinforzo sulla spalla del costume, dove il corvo si possa appollaiare.
– Ecco qui! – disse Pam, AGGiUNGENDO il guanto al disegno.

ORA FINALMENTE SAPPIAMO CHI CERCARE!

IDENTIKIT

– Marco, ti ricordi quando siamo andati a vedere quella rievocazione storica? C'erano moltissimi uccelli rapaci!
– *Certo, è stato bellissimo!*
Elisa annuì: – E ricordi che gli allevatori indossavano un grosso guanto, per evitare che gli ARTIGLI dei falchi li ferissero?
– Hai ragione, sorellina. Ottima osservazione!

Identikit

Paulina iniziò a cercare sul suo tablet delle immagini di costumi da mago.
Colette sbirciò: – Deve avere un elegante smoking scuro... un ampio mantello... e il cappello a CILINDRO !
– E direi anche una bacchetta magica – aggiunse Elisa.
Nicky SCARABOCCHIÒ su un tovagliolino del bar il costume da mago.
– State dimenticando qualcosa – disse Pam, finendo l'ultima frittella. Poi prese la penna di Nicky e disegnò un particolare: un uccello nero IN VOLO.
– Giusto, il corvo! – concluse Marco.
– Penso si tratti di un corvo imperiale, una specie che può arrivare a grandi dimensioni – riprese Paulina, che aveva di nuovo consultato il tablet.
– Se è così, dobbiamo AGGIUNGERE un altro indizio al disegno – annunciò Elisa.

identikit

Il gruppo interruppe la conversazione per gustarsi la MERENDA, ma il silenzio durò poco: qualche minuto dopo avevano già ripreso a parlare di ciò che era accaduto.
Solo in due non parlavano:
Pam, **TROPPO IMPEGNATA** a mangiare le frittelle, e Violet, che sembrava assorta nei suoi pensieri.
Colette se ne accorse:
– Tutto bene, Vivì?
La ragazza si riscosse: – Oh, sì. Stavo solo pensando al messaggio del ladro...
– A che cosa, in **PARTICOLARE?**
– Penso che... dovremmo tenere gli occhi aperti e far caso a tutte le **maschere** da mago che vediamo.

iDentikit

naturalmente con un'imbragatura che rende il volo **SICURO**...
– Fantastico! – esclamò Nicky. – Dev'essere un'**emozione** unica per chi si lancia!
– E anche per chi osserva – aggiunse Elisa.
– Che forza! Ma il Volo dell'Aquila, invece... **che cos'è?** – chiese Pam.
– Si organizza da pochi anni, una settimana dopo il Volo dell'Angelo, ed è detto anche 'svolo' – spiegò Marco. – È un evento che **ATTIRA** moltissime persone, e il ladro vorrà sicuramente approfittare del momento in cui tutti guardano su per compiere un **FURTO SPETTACOLARE!**
In quel momento, il cameriere portò un vassoio stracolmo di frittelle dorate, ricoperte di zucchero a velo.
– E a proposito di tradizioni... eccovi le 'fritole', i tipici dolci **veneziani** di Carnevale! – spiegò Elisa.

Identikit

Nel pomeriggio, intorno all'elegante tavolino di un bar del centro, i ragazzi fecero il punto della situazione.
Colette ricordò: – Il messaggio del ladro diceva che avrebbe colpito 'AL VOLO DELL'AQUILA', ma di che cosa si tratta? È forse un luogo di Venezia?
Paulina scosse la testa: – Ho letto sulla guida che è un evento del CARNEVALE...
Elisa e Marco annuirono: – Ogni anno la festa del Carnevale veneziano si apre con il Volo dell'Angelo. È un evento che ricorda un'antica tradizione, dove una fanciulla si lancia dal campanile di San Marco verso la piazza,

UN MESSAGGIO SPETTACOLARE

*LA MIA MAGIA COLPIRÀ ANCORA.
AL VOLO DELL'AQUILA
LA PIÙ BELLA MASCHERA SARÀ MIA!*

– Di nuovo lui! Il ladro misterioso! – esclamò Elisa, portandosi le mani al viso.
– E ha annunciato il suo prossimo FURTO in modo spettacolare! – aggiunse Paulina.
– Dobbiamo prenderlo! Dev'essere qui intorno! – disse, girandosi a guardare la piazza affollata. – Ma... dove?
Violet scosse la testa. – È impossibile trovarlo in mezzo a tutta questa gente...

DOVREMO GIOCARE D'ASTUZIA!

Un messaggio spettacolare

– Ho la sensazione che stia accadendo qualcosa di STRANO...
Il ragazzo aveva ragione. Un istante dopo infatti, all'altezza del leone di PIETRA che svettava sotto la campana, iniziò a gonfiarsi un piccolo PALLONCINO giallo, che poco a poco si ingrandì fino a diventare enorme. La folla che animava la piazza si fermò a OSSERVARE quella stranezza, mormorando sorpresa.
– Ma che cosa succede? – chiese Elisa.
– Temo che lo scopriremo presto! – rispose Violet. – Guardate LASSÙ!
La ragazza stava indicando un grande corvo nero che volava veloce verso il pallone. Quando lo RAGGIUNSE lo fece scoppiare con il becco e... dall'interno caddero mille coriandoli colorati. Contemporaneamente un grande striscione si srotolò sulla torre fino a raggiungere la piazza. Sopra c'era scritto:

Un messaggio spettacolare

mistero è sempre più intrigante... Mi dispiace un po' **NON POTERCENE** occupare...
– Sorellina, ti stai appassionando anche tu? – le disse Marco SORRIDENDO.
– Beh, ecco, mi sarebbe piaciuto...
In quel momento, i potenti rintocchi che provenivano dalla Torre dell'Orologio **INTERRUPPERO** i ragazzi.
– Ma... è già mezzogiorno? – esclamò Pam, osservando la grandi lancette dell'orologio.

Non è mezzogiorno!

– Non è possibile! Il mio stomaco non ha ancora **BRONTOLATO**...
– No, infatti: sono solo le undici e un quarto – ribatté Marco, controllando il suo **OROLOGIO** da polso. Poi alzò gli occhi verso la torre, con un'espressione dubbiosa, e aggiunse:

Un messaggio spettacolare

Una volta fuori dal negozio, gli amici rimasero ABBAGLIATI dalla forte luce del sole.
– *Per mille bielle sbiellate!* Il nostro ladro è più furbo di quel che pensavamo! – esclamò Pam, mentre proseguivano la passeggiata.
– Già! Abbiamo scoperto a che cosa gli serve il **CORVO**! – ribatté Violet. – Deve averlo addestrato, così mentre l'uccello lascia cadere le carte, distraendo le vittime, il nostro mago si nasconde nell'OMBRA.
Una volta raggiunta piazza San Marco, Elisa, che era rimasta in SILENZIO fino a quel momento, sospirò: – Certo che questo

I ragazzi si scambiarono uno sguardo incredulo: stavano per scoprire l'identità del **LADRO MISTERIOSO!**

Marco chiese, ansioso: – E che aspetto ha questo cliente?

Beppe sorrise e spiegò: – Beh, è molto *piccolo,* con occhi vispi e un bellissimo piumaggio nero!

Elisa **BALBETTÒ**: – Sta forse dicendo che il suo cliente è...

– Un **CORVO!**

– **LE CARTE DEL LADRO!** – si lasciò sfuggire Elisa.

Violet si rivolse al signor Beppe: – Mi scusi, può dirci che cosa sono queste STRANE carte sul tavolo?

– Quelle? Sono carte fatte su misura per un cliente molto PARTICOLARE...

LA BOTTEGA DEGLI INCANTI

Nella piccola stanza, accanto a mantelli scuri e cappelli a CILINDRO, notarono strane scatole con il doppio fondo, cerchi, bacchette...

– Ma questo è... – iniziò Violet.

– Il più FAMOSO negozio di trucchi da prestigiatore della città! – esclamò una vocetta acuta alle loro spalle.

Dal retro emerse un roditore alto e magro, che facendo un grande INCHINO si presentò:

– Piacere, io sono Beppe, il proprietario della Bottega degli Incanti. Benvenuti!

– Grazie – rispose Marco, un po' stupito da quello strano negozio.

– Veramente... ehm, abbiamo sbagliato...

– Ehi, ragazzi, guardate! – lo interruppe Colette, indicando un tavolino su cui, tra vari oggetti da PRESTIGIATORE, spiccavano alcune CARTE con il disegno di un cappello a cilindro.

100

spiccava un sontuoso abito scuro corredato da mantello e CILINDRO.
Una pesante tenda di velluto impediva ai ragazzi di vedere l'interno.
– Magari qui puoi TROVARE qualcosa di speciale – concluse Pam.
Colette osservò bene la vetrina, e poi decise:
– ENTRIAMO!
Appena varcata la soglia, però, ai ragazzi fu presto chiaro che non si trovavano nel classico negozio di SOUVENIR.

La Bottega degli Incanti

Poi fu la volta dello... SHOPPING! Colette voleva portare dei regalini alle loro amiche del college e comprò dei soprammobili in vetro a forma di animaletti, **piccole maschere** veneziane e parecchie cartoline.

– Cocò, quando si tratta di fare acquisti sei più VELOCE DI UN LAMPO! – esclamò Nicky ridendo.

– Modestamente... – sorrise l'amica. – Ora mi manca solo un REGALO per la mia amica di Parigi...

– Guarda che negozio particolare... – disse Pam, indicando una piccola vetrina decorata con farfalle MULTICOLORI, in cui

La Bottega degli Incanti

Il giorno successivo, i ragazzi si dedicarono all'esplorazione della città: il Palazzo dei Dogi, il Ponte dei Sospiri e infine Ca' Rezzonico, dove Violet poté **AMMIRARE** le magnifiche *collezioni* di dipinti e sculture antiche.

Canaletto, *Rio dei Mendicanti*

identità nascosta

Anche Marco si sciolse in un SORRISO.
– Hai ragione, somiglio a mio padre... Ma vorrei che mi prendesse sul serio, ogni tanto!
– Lo farà. Credo che **PENSI** semplicemente che sei troppo giovane per fare il detective...
– Ma un giorno lo stupirò! E dovrà essere **FIERO DI ME**.
– Sono sicura che lo è già.
– Se lo dici tu... – sospirò Marco.
– Comunque, basta pensieri. Torniamo di là e facciamo ripartire la nostra...

IDENTITÀ NASCOSTA

Elisa SOSPIRÒ: – Lo sapevo! Si è infuriato! Non avremmo dovuto intestardirci con questa indagine...
Le Tea Sisters erano DISPIACIUTE e tentarono di rincuorarla. Pam, invece, seguì Marco, che si era allontanato con aria SCONFORTATA.
Lo trovò nella sua stanza, intento a mettere nervosamente in ordine le sue cose.
– Posso? – chiese, ENTRANDO.
– Mio padre è impossibile! È proprio un TESTARDO, quando ha un'idea pretende che tutti la accettino! – sbottò lui per tutta risposta.
– Mi ricorda tanto qualcuno... – disse Pam.
– E chi?
– Vediamo, qualcuno PRONTO a difendere le sue idee, capace di portarci all'altro capo di Venezia pur di seguire una pista... – rispose la ragazza con un sorrisetto.

IDENTITÀ NASCOSTA

– Ma noi... VOLEVAMO... – balbettò Elisa.
– È anche colpa nostra, ispettore – disse Pam. – Ci siamo fatte coinvolgere troppo e le abbiamo DISUBBIDITO.
Il padre di Elisa e Marco sospirò: – Va bene, adesso è inutile parlarne ancora. Voglio solo che mi promettiate di LASCIAR perdere. Nei prossimi giorni sarete dei semplici ragazzi che si godono il CARNEVALE...
Altrimenti, Elisa, Marco, dovrò proibirvi di uscire di casa.
– Che cosa?! – protestò Marco.
Suo padre, però, non lo ascoltò e USCÌ di casa, dichiarando: – Vado al comando a verificare le informazioni che avete raccolto. Mi raccomando.

BASTA INDAGINI!

94

Elisa sospirò: – Forse gli sarà utile...
Ma quel che è sicuro è che ci aspetta una
bella **RAMANZINA!**
E aveva ragione: quella sera
l'ispettore ascoltò in silenzio il
RESOCONTO dei ragazzi,
ma quando ebbero finito di
raccontargli le loro scoperte
intervenne con tono **SEVERO**:
– Non mi avete ascoltato. Vi
avevo detto di non farvi coinvolgere
nell'**INDAGINE!**

PAPÀ SI ARRABBIERÀ!

– Ma papà... anche noi siamo in grado di
scoprire cose utili... Hai visto quanti indizi
abbiamo trovato! – protestò Marco.
– Indizi, appunto, **ELEMENTI VAGHI** –
rispose suo padre, – per cui siete andati
contro il mio volere e avete bussato alla porta
di uno **SCONOSCIUTO**... e se questo mago
fosse pericoloso?

– Mi correggo – riprese lei. – Non ho capito chi è, ma chi finge di essere. Pensateci: il cappello a CILINDRO 🎩... Da chi viene usato solitamente? Vi do un piccolo indizio: le sparizioni sembrano quasi giochi di prestigio...

– Ma certo! Il ladro misterioso è un mago! – sbottò Pam.

– E la PIUMA NERA? – chiese Colette. Violet sospirò: – Il nostro mago deve avere con sé un pennuto nero... Un corvo, forse...

– Ehm, scusate, non vorrei SPEGNERE il vostro entusiasmo – intervenne Elisa – ma non ho capito a che cosa ci serve sapere che il LADRO è vestito da MAGO.

– Ma a trovarlo, no?! – esclamò Marco, raggiante.

– Prima di tutto ci serve per dirlo a vostro padre – intervenne Violet. – Sono sicura che questo INDIZIO sarà utile alle sue indagini.

IDENTITÀ NASCOSTA

Mentre tornavano a Venezia con il vaporetto, gli amici tentavano di ricostruire l'IDENTIKIT del ladro sospetto.

- Ruba solo opere di BERTO DEL BON.
- E ogni volta fa una sorta di magia...
- Lascia carte con un cappello a CILINDRO.
- E una PIUMA NERA!

L'unica a essere rimasta in silenzio era Violet, che all'IMPROVVISO si alzò dalla panca su cui era seduta e dichiarò: – Ho capito chi è.
– Eeeh?!? – fecero gli amici, INCREDULI.

Tè con indizi

Il roditore scosse la testa: – No, mi dispiace.
– Non si **PREOCCUPI**. È stato gentilissimo –
lo ringraziò Violet. Poi i ragazzi lo salutarono.
– Vi auguro di risolvere il **MISTERO**... E
ritrovare la mia maschera! – disse il roditore.

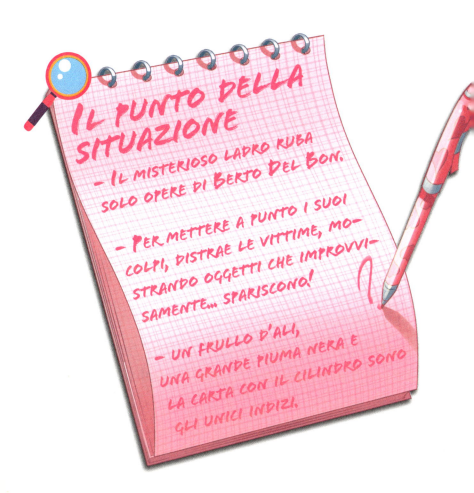

IL PUNTO DELLA SITUAZIONE

- IL MISTERIOSO LADRO RUBA SOLO OPERE DI BERTO DEL BON.

- PER METTERE A PUNTO I SUOI COLPI, DISTRAE LE VITTIME, MOSTRANDO OGGETTI CHE IMPROVVISAMENTE... SPARISCONO!

- UN FRULLO D'ALI, UNA GRANDE PIUMA NERA E LA CARTA CON IL CILINDRO SONO GLI UNICI INDIZI.

Poi aggiunse: – Ha trovato anche una strana carta, sullo zerbino?

Il roditore annuì e prese da un cassetto la carta con il **CILINDRO**.

– Eccola qui. E c'è un'altra cosa.

– Ha sentito un **FRULLO D'ALI!** – provò a indovinare Elisa.

– No, non mi pare. Ma non ho un udito molto fine. Però la vista è ancora buona...

– Vuol dire che... è riuscito a **VEDERE** il ladro?! – esclamò Marco, rovesciando quasi a terra la sedia alzandosi di scatto.

Il roditore scosse la testa: – No, però mi sono affacciato sulla tromba delle scale e ho visto *volteggiare* questa piuma...

I ragazzi esaminarono la piuma che il roditore aveva estratto dallo stesso cassetto.

– Una **grande** piuma nera... – mormorò Pam, perplessa.

– Ha notato qualcos'altro? – chiese Marco.

– E poi? – chiese Pam, senza riuscire a trattenersi.
– Poi, qualcuno ha bussato alla porta. La cosa mi ha **STUPITO**, perché non ricevo molte visite inaspettate. E quando ho aperto...
– Non c'era nessuno? – ipotizzò Violet.
– Esatto! Però c'era qualcosa, sullo zerbino. Un piccolo oggetto luccicante, mi parve. Feci per raccoglierlo...
– E si volatilizzò – continuò Nicky.
– Insieme alla **maschera** – concluse Paulina.
– Esatto! Ma come fate a saperlo?
– È lo stesso schema di altri **FURTI** accaduti di recente – spiegò Marco.

Tè con indizi

Il roditore prese a versare il tè e spiegò:
– Ero molto **contento** di aver trovato quella maschera per caso a un mercatino, non molto tempo fa. L'ha fabbricata un artista del Settecento, poco noto ma **bravissimo...**
– BERTO DEL BON – disse Paulina.
– Proprio così! Volevo indossarla a Carnevale, così l'ho provata e...

Tè con indizi

– Ah, ecco! – esclamò Pam. – Avevo pensato che si VESTISSE sempre così!
Nicky le diede una leggera gomitata, sussurrando: – Pam, non essere MALEDUCATA!
Poi raggiunse Colette e indicò un costume senza maschera: – A questo abito corrispondeva la MASCHERA DA PAVONE?

– Proprio così! – sospirò il roditore.
– Potremmo farle qualche **DOMANDA?** – chiese Pam.
Il roditore annuì: – Ma certo. Stavo per prepararmi un tè. Aggiungo...
Poi contò **RAPIDAMENTE** i ragazzi.
– Sette tazze! – concluse ridacchiando.
Nella mansarda, molto accogliente, un'intera parete era occupata da una preziosa collezione di costumi.
Mentre gli altri si accomodavano **INTORNO** al tavolo, Colette si avvicinò agli abiti: – Ma... sono tutti *costumi* da volatile? – domandò.
L'anziano roditore, che nel frattempo aveva preparato la teiera, le sorrise: – Proprio così. **COLLEZIONO** maschere di uccelli da quarant'anni. Quella da cigno è nuova.
– Ehm... le dona molto... – arrossì Colette.
– Che sbadato! La indosso ancora, HE HE! La stavo provando per la prima volta...

Tè con indizi

Le Tea Sisters rimasero per un attimo **DISORIENTATE**, poi si resero conto che si trattava di un *costume*, sotto al quale si nascondeva un roditore di bassa statura, con i capelli bianchi che si **confondevano** con il copricapo piumato.

– Ehm... buongiorno – disse Marco, colto di sorpresa. – Stiamo indagando sul **FURTO** di una maschera da pavone che ci risulta fosse sua...

mazioni di meraviglia vennero sostituite da SBUFFI di fatica: l'appartamento del roditore si trovava nel sottotetto, al quinto, ripido piano senza ascensore.
– Questa... PUFF... indagine veneziana... PANT... inizia a essere faticosa... – ansimò Colette, mentre Nicky, SPORTIVA come sempre, esortava gli altri dalla cima delle scale. Quando furono SALITI tutti, Marco bussò piano alla porta.
E dopo un attimo gli aprì...
un cigno!

FORZA RAGAZZI!

TÈ CON INDIZI

Dopo aver scoperto ciò che gli oggetti RUBATI avevano in comune, anche le Tea Sisters non riuscirono più a pensare ad altro che alla catena di furti. Elisa dovette quindi rinunciare al piano di continuare la Gita turistica e accettare di seguire Marco e le amiche a casa del proprietario della maschera da pavone.
L'indirizzo, che il fratello aveva trovato tra i DOCUMENTI del padre, corrispondeva a uno dei vecchi palazzi che rendono così pittoresco il paesaggio di Murano.
In un primo momento le ragazze si persero in sospiri ammirati, ma poco dopo, le escla-

UNA FIRMA NASCOSTA

– Hai ragione – annuì Marco. – Ma ora finalmente abbiamo un **INDIZIO**!
– È vero – concluse Violet. – Sappiamo che il **LADRO MISTERIOSO** ruba solo opere di Berto Del Bon!

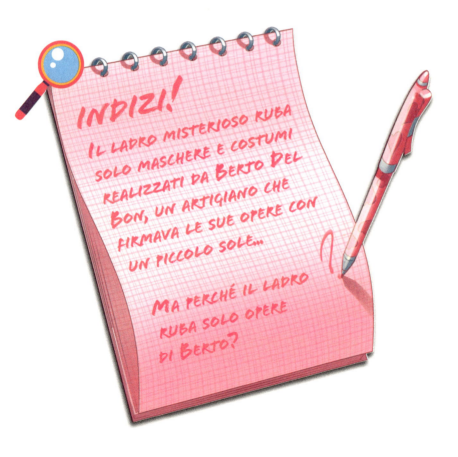

INDIZI!
IL LADRO MISTERIOSO RUBA SOLO MASCHERE E COSTUMI REALIZZATI DA BERTO DEL BON, UN ARTIGIANO CHE FIRMAVA LE SUE OPERE CON UN PICCOLO SOLE...

MA PERCHÉ IL LADRO RUBA SOLO OPERE DI BERTO?

Una firma nascosta

città ed era molto apprezzato, ma a causa di uno sgarbo a un ricco signore locale cadde in **DISGRAZIA**, e il suo nome fu dimenticato...
– Che cosa fece per avere una sorte simile? – chiese Colette **INCURIOSITA**.
Paulina continuò: – Pare che all'epoca in città ci fosse un ricco commerciante che rifiutava di vendere la propria merce alle persone più **POVERE**. Così, quando chiese a Berto di realizzare per lui una *sontuosa* maschera da pavone, Berto ne preparò una da... **TACCHINO!**
Quando la ricevette, il mercante andò su tutte le furie e giurò vendetta a **BERTO**, facendo cadere per sempre nell'oblio il suo nome...
– *Che storia ingiusta!* – esclamò Colette indignata.

– Quali maschere? – chiese Elisa confusa.
Fu Marco a rispondere: – Le **maschere** e il *costume* rubati che ci ha mostrato nostro padre in foto. Adesso che ci penso, ho notato anch'io quel **SIMBOLO**...
– È vero... – rispose la ragazza osservandolo meglio. – Me lo ricordo. Ma avete idea di che cosa significhi?
– Forse è la *firma dell'artigiano* che ha realizzato queste opere – ipotizzò Violet. Poi, leggendo la didascalia che descriveva l'oggetto, aggiunse: – Guardate, qui c'è un nome: BERTO DEL BON.
Paulina si mise subito a cercare sul suo smartphone informazioni a riguardo.
– Ho trovato! Qui si dice che Berto Del Bon, vissuto nella prima metà del Settecento, era un artigiano *specializzato* nella creazione di costumi e maschere. Lavorava per le famiglie più **IMPORTANTI** della

Una firma nascosta

A un certo punto si diresse verso una vetrinetta che conteneva una **maschera** in vetro. Era piuttosto semplice, con un **FIORE ROSA**

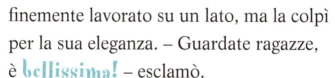

finemente lavorato su un lato, ma la colpì per la sua eleganza. – Guardate ragazze, è bellissima! – esclamò.
Le amiche la raggiunsero per ammirare la maschera e dopo un istante Violet disse, stupita: – Ehi! Guardate il **SIMBOLO** appena sotto il fiore!

– Quale? – chiese Paulina.
– Quel piccolo sole?
– Sì, ho la sensazione di averlo già visto, ma non riesco a ricordare dove...
– SULLE MASCHERE RUBATE! – esclamò improvvisamente Paulina.

mi mette un po' in soggezione, non vorrei inciampare e... FAR CADERE qualcosa!
– Sono tutti pezzi unici... sarebbe un DISASTRO! – ammise Marco, ridendo.
In quel momento i due vennero interrotti da un grido di Colette:

– AAAAAH!

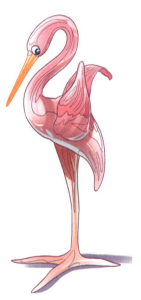

– Cocò, che cosa succede? Ti sei fatta male? – chiese Pam allarmata, RAGGIUNGENDOLA.
– Hai rotto qualcosa?
– Ma no! Guarda che meraviglia questo fenicottero in VETRO ROSA! – strillò l'amica. – È semplicemente de·li·zio·so!
Pam fece un sospiro e sorrise:
– Cocò, sei sempre la solita! – Poi continuò la visita al museo.

UNA FIRMA NASCOSTA

– E non avete ancora **VISTO** tutto! – esclamò Marco. – Il Museo del Vetro vi stupirà!
– Qui – spiegò Elisa mentre visitavano le sale dell'antico palazzo che ospitava il museo, – sono esposte le più importanti collezioni di vetri di tutti i tempi.
– Uau! – esclamò Pam, **MUOVENDOSI** con cautela. – Devo dire che questo posto